《赫斯珀里得斯姊妹的果园》1892 年，［英］弗雷德里克·雷顿

《克吕泰涅斯特拉》1882 年，[英] 约翰·科利尔

《奥德修斯与塞壬女妖》，1891 年，［英］约翰·威廉姆·沃特豪斯

希腊神话故事

[德] 古斯塔夫·施瓦布◎著

王有宏◎编译

长江出版传媒 | 长江文艺出版社

图书在版编目（CIP）数据

希腊神话故事 /（德）古斯塔夫·施瓦布著 ; 王有宏编译. -- 武汉 : 长江文艺出版社, 2022.2(2024.4 重印)
ISBN 978-7-5702-2340-4

Ⅰ. ①希… Ⅱ. ①古… ②王… Ⅲ. ①神话—作品集—古希腊 Ⅳ. ①I545.73

中国版本图书馆 CIP 数据核字(2021)第 161098 号

希腊神话故事
XILA SHENHUA GUSHI

责任编辑：叶　露　　责任校对：毛季慧
封面设计：天下书装　　责任印制：邱　莉　胡丽平

出版：长江出版传媒 | 长江文艺出版社
地址：武汉市雄楚大街 268 号　　邮编：430070
发行：长江文艺出版社
http://www.cjlap.com
印刷：长沙鸿发印务实业有限公司

开本：640 毫米×970 毫米　1/16　印张：11.75　插页：2 页
版次：2022 年 2 月第 1 版　　2024 年 4 月第 11 次印刷
字数：97 千字

定价：38.00 元

人神共存，包罗万象

蒋　岭

说到“神话故事”，你的脑海里一定闪现过许多：女娲补天、后羿射日、嫦娥奔月、精卫填海、大闹天宫……你也许还会说上一段《神笔马良》的故事：马良有一支神笔，可以为穷人画牛，可以画大海和狂风，埋葬贪官。

你说的没错，以上的这些都是神话故事，而且都是中国古代的神话故事。你听说过希腊神话故事吗？远古时期古希腊人在对周围的事物（风雨雷电、日月星辰、花草树木……）认识十分有限。他们凭借着丰富的想象，去解释、说明所见所闻，就产生了一个个的“神”，也就有了他们的神话故事。读到这里，你是不是发现希腊神话与中国神话有着许多相似的地方：都有诸神，都有对未知世界的独特看法，都有着丰富的想象力。

希腊神话故事带有浓厚的幻想色彩，你看《诸神的战争》《普罗米修斯盗火》《潘多拉的魔盒》《赫拉克勒斯的十二件任务》《特洛伊战争》等等。这些文章的标题就会引起我们无尽的遐想。所有的这一切的故事里，我们都能看到神的威严气势、无穷的本领。仔细读读，我们又会发现这些神与人类一样，需要吃饭、喝水、休息、穿衣、睡觉，也有着与人类一样的情感，甚至还有人类的许多坏脾气。这样读来，你是不是觉得这些神又与我们非常容易亲近呢？

远古时期，希腊人根据自己对自然、对社会等许多现象的观察，结合自身的愿望或思想展开了丰富、大胆甚至夸张的想象，构思出一个又一个离奇、“合乎情理”的故事。比如《普罗米修斯盗火》描写的就是普罗米修斯盗火的故事，普罗米修斯为了解除人类没有火种的困苦，他找来一根又粗又长的茴香秆，趁炽热的太阳车驰来时，将茴香秆往它的喷着火焰的车轮里一伸，茴香秆便被点燃了。普罗米修斯带着燃烧的茴香秆回到地上，很快，人间的第一团火焰燃烧起来。宙斯得知普罗米修斯从天上盗走火种的消息以后，气急败坏，他决定给普罗米修斯最严厉的惩罚。后来，大英雄赫拉克勒斯救出了普罗米修斯。其实，这样的故事恰恰是说明了远古时期火对于人类的重要性，而“火”是如何得来的，人类无法知晓，这样的“想象”便孕育而生。这样的故事不胜枚举。

神话故事之所以能够流传至今，还有一个最为重要的特色：有曲折、富有戏剧性的情节。希腊神话故事总是“一波三折”、“一击三叹”，充满了戏剧性，令人回味无穷。欧律斯透斯让赫拉克勒斯做的第十一件事，就是从赫斯珀里得斯三姐妹那儿摘到金苹果，这样的故事就发生在《摘取金苹果》里。为了打听到金苹果的下落，赫拉克勒斯遭遇到了许多意想不到的情况：忒耳默罗斯的脑袋被他的脑袋撞得粉碎、一不小心打死了战神阿瑞斯的儿子库克诺斯、与河神涅柔斯较量，他还将波席列斯国王和他的儿子、祭司统统杀掉了。接下来，赫拉克勒斯在高加索山的悬崖上解救了受罚的普罗米修斯。普罗米修斯给赫拉克勒斯提了一个建议：请擎天神阿特拉斯去摘金苹果，赫拉克勒斯替他背负青天。

结果，阿特拉斯取回金苹果后，不愿再扛青天。赫拉克勒斯说想找一块软布垫在头上，扛天的任务又回到了阿特拉斯肩膀上，赫拉克勒斯拾起金苹果跑开了。一桩桩、一件件的故事都有着巧妙的安排，无不曲折离奇，引人入胜。

当然，希腊神话故事让人印象深刻的莫过于那一位位个性鲜明的人物：宙斯、欧罗巴、珀耳修斯、忒修斯、奥德修斯……每一个人物都赋予了清晰、自然而富于形象的比喻、象征意义，例如：欧罗巴被爱慕她的宙斯带往了另一个大陆，就是现今的欧洲，也就是说欧罗巴是欧洲最初的人类，欧洲人都是她的孩子。再如“潘多拉的盒子”比喻灾难的根源，“金苹果”代表着麻烦与纠纷……

希腊神话故事中有神，有人，人神共存，他们之间的故事将现实与幻想交织在一起，创造出一幅包罗万象的远古时期希腊人民的社会生活场景。

蒋岭，少儿阅读及写作推广人，已出版多部文学作品。

目 录

第一章　诸神的战争

很久很久以前，世界只是一片混沌，这片混沌无边无际、漆黑一片。

也不知道过了多少年，这片混沌之中有了动静，诞生了世界上第一位神祇——大地之母盖亚。紧接着，混沌之中又诞生了其他的一些神祇，比如爱神厄洛斯、黑暗之神埃瑞波斯和黑夜之神尼克斯等。

黑暗之神埃瑞波斯和黑夜之神尼克斯结合在一起，生下了光明之神埃忒耳和白昼之神赫墨拉。从此光明充满这个世界，黑夜与白昼开始交替。

天空和地狱的神祇也诞生了，他们是天空之神乌拉诺斯、地狱之神塔耳塔洛斯。

大地之母盖亚广阔无边，威力无穷，是后来在她身上生活和生长的一切生命的源泉。盖亚就像一个飘浮的巨大圆片，在她下面深不可测的地方，是阴森森的地狱——塔耳塔洛斯；在大地之上，是蔚蓝的、无边无际的天空——乌拉诺斯。

天空之神乌拉诺斯娶了大地之母盖亚为妻，成为世界的主宰。他们生了六个儿子和六个女儿，这十二个神祇力大无穷、性格暴躁，被称为泰坦神。

除了这十二个泰坦神之外，大地之母盖亚还生了三个只有一只眼睛的独眼巨人，和三个巍峨如山、各有五十只脑袋和一百只手臂的巨人。这六个巨人个个力大无比，令人畏惧。

天空之神乌拉诺斯独断专行，统治越来越残暴。他也非常害怕自己这些儿子，担心他们有一天会来抢夺自己的宝座。于是，他将儿子们关入地狱无尽的黑暗之中。

大地之母盖亚不满乌拉诺斯的残暴统治，便鼓动儿子们起来反抗乌拉诺斯，可是他们都不敢同父亲争斗。于是，盖亚采来大地深处最坚硬的岩石，打造了一把锋利的镰刀。她告诉儿子们，只要有人敢去刺杀乌拉诺斯，他便可以继承王位，成为下一任神王。

十二泰坦神中最小也最狡猾的儿子克洛诺斯，答应一试。一天，他趁父亲乌拉诺斯酒醉之际，用镰刀将其刺伤，夺取了权力。失势的乌拉诺斯返回天上，从此再也没有到地面上来。临走时，他愤怒地诅咒克洛诺斯："你会为你的所作所为付出代价，你也将像我一样被自己的儿子推翻！"

克洛诺斯成为第二代神王，他娶了自己的姐姐瑞亚为妻。

尽管坐上了王位的宝座，克洛诺斯心里却不踏实。他深知自己那几位独眼巨人和百臂巨人兄弟的厉害，说不定他们哪一天心血来潮，就会来抢自己的王位。克洛诺斯便设了个毒计，将他们抓住，囚禁在塔耳塔洛斯地狱之中。

他父亲乌拉诺斯的诅咒也一直在耳边回荡，这令克洛诺斯担心起自己的儿子来。谁也不敢保证，他们将来不会再来一次镰刀夺位啊！为了逃脱这个恶毒的诅咒，克洛诺斯做出一个残忍的决定：把生下来的孩子全都吃掉。

就这样，每当瑞亚生下一个孩子，克洛诺斯就会吩咐侍女把孩子抱来，毫不犹豫地将他一口吞进肚子里。前前后后，克洛诺斯吞噬了自己五个亲生子女：赫斯提亚、得墨忒尔、赫拉、哈德斯和波塞冬。

瑞亚看到子女们遭受这样可怕的命运，十分忧伤。很快，瑞亚又将临产。她不想这一个孩子再被丈夫吃掉，便听从母亲盖亚和父亲乌拉诺斯的劝告，逃到克里特岛。

瑞亚在克里特岛生下一个儿子，取名宙斯。为了应付克洛诺斯，瑞亚把宙斯藏在一个幽暗的山洞里，然后找来一块细长的石头，裹进襁褓里，冒充新生的孩子，送给克洛诺斯。克洛诺斯吞掉襁褓，并未发觉上了当。

再来说宙斯。瑞亚把小宙斯托付给神女阿玛尔忒亚抚养，阿玛尔忒亚是一只母山羊，她用自己的乳汁喂养宙斯。每当小宙斯啼哭的时候，守在洞口的祭司

克洛诺斯吞噬波塞冬

们就用剑敲击盾牌，不让克洛诺斯听见宙斯的哭声。就这样，宙斯在众神的帮助下，逃脱了被父亲吃掉的命运，慢慢长大。

宙斯长大之后，得知了自己的身世和哥哥姐姐的遭遇，十分愤怒，他决定站出来反抗父亲的残暴统治。

宙斯强迫克洛诺斯吐出被他吞掉的子女，宙斯的五个哥哥姐姐因此得以生还。他们回到世上后，便跟宙斯一起，开始了与父亲克洛诺斯及泰坦神族争夺世界统治权的战争。

这场残酷的战争打了十年之久，双方势均力敌，难分胜负。

宙斯和他的兄弟姐妹们据守在高高的奥林波斯山上，与异常凶猛的泰坦神对峙。泰坦神攻不上奥林波斯山，奥林波斯众神也无法突破泰坦神的围困。这场旷日持久的大战，差点儿把整个宇宙都毁了。

最后，宙斯听了普罗米修斯的建议，将被克洛诺斯囚禁在地狱的独眼巨人和百臂巨人拯救出来，请他们来助战。

为了报答宙斯，独眼巨人送给宙斯雷电，送给波塞冬三叉戟，送给哈德斯隐形头盔，这些都是非常厉害的武器。百臂巨人则答应直接参战。

当凶猛的百臂巨人冲上阵地时，战场的形势终于发生了变化。百臂巨人们从山上搬起整块整块的巨石当作武器。泰坦神一靠近奥林波斯山，数不清的岩石就滚落下来，迎面砸向他们。在巨石的轰击之下，大地在颤抖，天空在呻吟，就连地狱最深处的塔耳塔洛斯也为之震动。

宙斯也向战场上投出一道接一道的雷电，一个个震耳欲聋的霹雳劈向泰坦神。雷电在地面上引起熊熊大火，连大海都烤得沸腾了，天地间充满了浓浓的烟雾和焦臭味儿。

不可一世的泰坦神终于坚持不住了，他们筋疲力尽，只好举手投降。

奥林波斯众神给战败者戴上脚镣手铐，将他们投入塔耳塔洛斯地狱最深处的禁地，打入永恒的黑暗之中。为了防止战败者们逃走，宙斯命令哈德斯在禁地四周建造了坚不可摧的青铜墙壁，并派百臂巨人严密看守。

从此，泰坦神族统治世界的时代结束了。

然而，动荡并未就此结束。大地之母盖亚觉得宙斯对她那些被打败的儿子处置过于严苛，因此很生奥林波斯众神的气。她与地狱之神塔耳塔洛斯结合，生下一个可怕的怪物，让他来给奥林波斯众神捣乱。

这个怪物名叫堤丰，堤丰长着一百个丑陋可怕的龙头，浑身喷火。当这个庞然大物从地底下蹿出地面时，他那惊天动地的咆哮让众神骇然色变。

奥林波斯众神吓坏了，只有宙斯勇敢地冲了上去。

宙斯举起雷电之锤，成千上万道闪电和雷霆击向

宙斯

怪物堤丰，将他的一百个脑袋统统烧为灰烬。最后，雷霆之火烧入堤丰的心脏，他的力气顿失，轰然倒地。

宙斯将堤丰投入黑暗的塔耳塔洛斯地狱，但这个怪物并未就此死去。即使到了地狱最深处，堤丰还经常给众神和世界带来麻烦。他发怒时，常常引发火山喷出炽热的岩浆。心情不好时，他也总是动摇大地，造成地震。

奥林波斯众神打败了对手，取得了最终的胜利。现在，他们成了新一代的世界统治者。但是，由谁来做神王呢？宙斯兄弟几个互不相让，眼看又要开战。这时，又是普罗米修斯站了出来，提出用抓阄的办法来解决问题。

结果，宙斯抓到了王位，成为宇宙的主宰。波塞冬掌管海洋，成了海神。哈德斯主管冥界，成了冥王。

从此，世界进入宙斯统治的时代。

第二章　普罗米修斯盗火

现在我们来说一说人类的起源。

天地诞生以后，世界上的一切逐渐成形，有了山川、河流、大海。这时候世界上只有神祇，神祇觉得世界上应该有一些生灵，于是，鸟、兽、虫、鱼等等动物被创造了出来。很快，大地上便动物成群，鱼儿在水里嬉戏，鸟儿在空中歌唱，一派生机勃勃的景象。

当然，这些动物都是低等动物，它们没有灵魂，不能够主宰周围的世界。神祇们觉得，在凡俗的世界中，应该有一种更高级的动物，能够管理这一切。这个任务落到了普罗米修斯和他的弟弟埃庇米修斯头上。

普罗米修斯和埃庇米修斯的父亲，叫伊阿佩托斯——他是十二泰坦神之一，大地之母盖亚和天空之神乌拉诺斯的儿子。算起来，普罗米修斯和第三代神王宙斯是堂兄弟。普罗米修斯十分聪明，有着先知之称，是聪明的象征，所以在后来奥林波斯众神和泰坦神族的大战中，他站在了宙斯这一边，避免了被放逐的命运。而他的弟弟埃庇米修斯就比较笨了，事事后知后觉，是愚昧的代表。

兄弟俩取来泥土，用泉水和好，按照这个世界的主宰——天神的模样，捏成一个个泥人。其他动物都是四脚朝地，眼睛只能盯着大地，而这新捏的泥人，普罗米修斯却赋予它们直立的身躯、高昂的头部，可以眼观六路，耳听八方，还有一双可以自由活动的手，能够借助工具创造无限可能。可见普罗米修斯对这种即将诞生的高级动物的厚爱。

因为先前在创造各种动物时，埃庇米修斯将材料都用完了，比如锋利的爪牙、敏捷的四肢、善飞的翅膀等，到了人这里，已经没有什么可用的了，于是人只能赤身裸体。普罗米修斯从动物的灵魂中摄取了善与恶两种本性，将它们封入泥人的胸膛，又请来智慧女神雅典娜，让她朝泥人吹了一口气，使他们获得了灵性。

第一批人类就这样在世上诞生了，他们繁衍生息，不久就发展壮大，散布到世界各处。

但是很长一段时间里，新诞生的人类并不明白该如何使用神赋予他们的灵活四肢，也不懂得怎样用比其他动物都高明的脑袋思考问题。他们麻木不仁地活在这个世界上，对一切视而不见，充耳不闻，如同行尸走肉一般。他们不会使用工具，更别提制造器具、建造房屋了。他们就像其他动物一样，随便找个山洞藏身，饿了摘野果，渴了喝泉水，不知道有春夏秋冬，做事情也没有计划，过一天算一天。

这样的人类，完全体现不出作为高级动物的优势。于是，普罗米修斯又教他们造物，对他们进行启蒙。他教人类通过观察日月星辰的运行来确定时间，帮人类创造了文字和数字，使他们学会利用文字传达思想，利用数字计算。普罗米修斯还教人们驯化牲口，利用牲畜来耕种，减轻劳累。教人们学会给马套上缰绳，让它来拉车或作为坐骑。他还帮人类创造了船，让人们利用风帆在海上航行。

普罗米修斯关心着人类生活的方方面面。以前，人们生了病，也不知道用药物治疗，只能忍受病痛的折磨，许多人因此而死去。普罗米修斯教会他们调制药剂，从此人类远离了病痛的困扰。他还教会人们占卜，解梦，教人们怎么勘探矿产。总之，普罗米修斯把一切对生活有用的工具、技术和技能，都悉数传授给人们。普罗米修斯如此体恤人类，人们自然对他敬爱有加。

然而，刚刚成为这个世界主宰的宙斯，很快注意到了凡间的人类。

以宙斯为代表的奥林波斯众神，觉得他们是这个世界的主宰，是他们庇护了人类，因此，人类应该敬奉他们。为此，众神在希腊的墨科涅集会商谈此事，希望能确定一个人类献祭诸神的标准。普罗米修斯作为人类的创造者和导师，也出席了会议。

普罗米修斯站在人类这一边，希望能减轻人类的献祭负担，但是宙斯却提出了一个苛刻的献祭条件。普罗米修斯决定运用他的智慧，来为人类争取权益。

普罗米修斯代表他创造的人类，宰了一头大公牛，并把牛肉分成两份，请宙斯选择他喜欢的那一份，选定哪一份，以后人类就按哪一份的标准来献祭。宙斯同意了，可是他没有想到，普罗米修斯在分肉时做了手脚。

原来，普罗米修斯把公牛剁碎之后，分为两堆，一堆全是肉、内脏和脂肪，这是好东西，他用牛皮把它们盖住，还在上面放着牛肚子，看起来好像很糟糕；另一堆呢，全是骨头和不好的肉，普罗米修斯用牛板油把它们包起来，卖相却非常好。不仅如此，这一堆比另一堆看起来还要大一些。

宙斯没有防备普罗米修斯的小手段，选了卖相好的那一份。可是，当他剥掉牛板油，看清里面全是牛骨头时，才发觉自己上了当。从此，人类便把牛肉等好东西留给自己，只把牛油等不好的东西拿来祭神。

宙斯发觉自己受了欺骗，十分生气。他决定不向人间提供一件最重要的东西——火种，以示惩罚。

火是人类生活的必需品，没有火，人跟其他动物也没什么两样。这可怎么办呢？普罗米修斯马上想到了一个巧妙的办法。

他找来一根又粗又长的茴香秆，这东西很容易点燃。普罗米修斯扛着它来到天上，趁炽热的太阳车驰来时，将茴香秆往它的喷着火焰的车轮里一伸，茴香秆便被点燃了。普罗米修斯带着燃烧的茴香秆回到地上，很快，人间的第一团火焰燃烧起来，火越烧越旺，烈焰直冲云霄。

火是一切技术的源泉，人类有了火，便有了更好的工具，更厉害的武器。从此，人类有了征服自然、抵御猛兽的资本，人世间开始由蛮荒时代向文明时代飞速发展。

可是，当宙斯得知普罗米修斯从天上盗走火种的消息以后，气急败坏。他决定给普罗米修斯最严厉的惩罚，并吩咐火神赫淮斯托斯和他的两个仆人——一个叫克拉托斯，意思是“强制”，一个叫比亚，意思是“暴力”——立即执行。

火神赫淮斯托斯是宙斯的儿子，他很敬佩普罗米修斯，便劝告他说：“只要你向神王承认错误，归还火种，我一定请求他宽恕你。”普罗米修斯却摇摇头，回答道：“为人类造福，何错之有？我宁愿承受刑罚，也绝不会归还火种！”

就这样，普罗米修斯被带到了斯库提亚的高加索山上，在这里，他将接受可怕的刑罚。火神赫淮斯托斯不太情愿执行父亲的命令，可那两个残酷的仆人，却毫不留情地将普罗米修斯用坚固的铁链锁在悬崖绝壁上。

每天，宙斯都会派一只凶恶的鹰飞到高加索山的

被缚的普罗米修斯

悬崖绝壁上，啄食被缚的普罗米修斯的肝脏。肝脏被吃掉多少，很快又长出多少。普罗米修斯不得不忍受这种无休止的痛苦折磨，直到有人自愿为他献身为止。

这一天终于到来了。

在普罗米修斯被吊在悬崖上，遭受了无尽的折磨以后，有一天，一个叫赫拉克勒斯的英雄为了寻找金苹果路过这里。他看到恶鹰啄食普罗米修斯的肝脏，便取出弓箭，一箭把那只凶恶的鹰从悬崖上射落。

赫拉克勒斯打开铁链，救出了普罗米修斯。但是为了满足宙斯定下的有人自愿为普罗米修斯献身的条件，赫拉克勒斯把他的朋友——半人半马的肯陶洛斯人喀戎作为替身留在悬崖上。喀戎虽然可以永生，但为了解救普罗米修斯，也为了解除自己的痛苦，甘愿献出生命。这个故事我们后面再讲。

普罗米修斯重获自由以后，身上永远戴着一只铁环，铁环上镶着一块高加索山上的石子。因为这样，宙斯可以名正言顺地宣称，他的仇敌仍然被锁在高加索山的悬崖上。据说，后来人们手上戴的戒指，就是从这儿来的。

第三章　潘多拉的魔盒

宙斯对人类获得火种，一直耿耿于怀。

眼看已经无法把火从人类那儿收回，宙斯残酷地惩罚了盗火的普罗米修斯。然后，他又想出了一个新的主意，以此来惩罚人类，以便抵消火给人类带来的福祉。

宙斯命令火神赫淮斯托斯制造一尊美女像。火神赫淮斯托斯是一位能工巧匠，很快就完成了任务，把石像交给宙斯。宙斯把这个石像变成女人，然后命令诸神每人赠她一件礼物。

智慧女神雅典娜由于嫉妒普罗米修斯在人间取得的威望，渐渐对他失去了好感，她给了这新诞生的女人无知，并教她披上纯洁的白衣，戴上花环，蒙上面纱，把自己打扮得漂漂亮亮；天后赫拉给了她最强烈的好奇心；神的使者赫耳墨斯赠给这女人语言天赋，当然也可以说是说谎的天赋；爱情女神阿佛洛狄忒赋予她美丽和让男人疯狂的魅力；光明之神阿波罗给了她音乐技能……因为诸神都给了这女人一件足以倾倒凡人的礼物，宙斯便给她取名潘多拉，意思是“具有一切天赋”的女人。

最后，宙斯又给这美丽的女人注入了恶毒的祸水，命人把她送给普罗米修斯的弟弟埃庇米修斯。这时，埃庇米修斯正在人间游荡取乐，他见了这美得无以复加的女人，眼珠子都不会转了，毫不犹豫地收下宙斯送来的致命礼物。

在这之前，普罗米修斯曾叮嘱过他的弟弟，不要接受宙斯的任何礼物，哪怕他送上门来，也要立刻退回去。可是，在这个绝世美貌的女人面前，埃庇米修斯早把哥哥的叮嘱丢到了九霄云外，他迫不及待地娶了潘多拉为妻。

一开始，他们生活得还是很快乐的。直到有一天，神的使者赫耳墨斯拿来一只盒子。赫耳墨斯要把盒子寄存在埃庇米修斯家里，神神秘秘地叮嘱他们说，这是一只非常非常重要的盒子，里面藏着不可告人的秘密，千万不能私自打开。

埃庇米修斯谨守承诺，可潘多拉的好奇心却被勾了起来，她非常想知道盒子里到底是什么，三番五次央求埃庇米修斯把盒子打开看个究竟，都被埃庇米修斯拒绝。好奇心使她焦躁不安，她伤心地哭泣着，让埃庇米修斯也心烦意乱。但他还是拒绝了潘多拉的要求。

终于有一天，趁着埃庇米修斯不在家，潘多拉不顾一切地打开了盒子。

当然，她不会想到，这个盒子里根本没有什么秘密。盒子里有的，只是无数的魔鬼和灾难——有风湿、伤寒等等病魔，有妒忌、复仇等等恶鬼，有地震、洪水等等灾害。盒子一打开，这些魔鬼和灾难便像一股黑烟一样，一下子冲了出来。

潘多拉一时惊得呆了，也想不到将盖子盖上。等她回过神来时，盒子里的恶魔早已飞散殆尽。她猛地将盒子盖上，可是不承想，盒子里此时还有一样东西没有出来，这东西便是希望。就这样，恶魔和灾难扩散到人间，希望却被永远关在了盒子里。

从此，各种各样的灾难充满了大地，疾病和瘟疫在世界蔓延，人间幸福快乐的景象一去不复返了。

在这以前，人类经历了两个时代：黄金时代和白银时代。

黄金时代的人类，生活是无忧无虑的。那时宙斯还没有成为神王，恶魔和灾难还不曾降临人间，世上没有法律，但没有人作奸犯科，没有强盗，也没有小偷。那时候没有四季，一年到头都是春天，人们不用种地，地上自己就长出粮食，河中流的是牛奶和美酒，想吃蜜了直接去树上采。

然而宙斯即位以后，黄金时代便宣告终结。接下来的这个时代，叫白银时代。诸神将春天缩短，一年分为四季；地上不再自动长出粮食了，河里流的也变成了水。人类的好日子结束了，开始体验到生活的困苦和烦恼。

潘多拉打开魔盒

但白银时代之后的青铜时代，却是一个更坏的时代。这个时代的人类受到恶魔的蛊惑，开始堕落，变得无恶不作。他们不敬神明，残忍而粗暴，心里想的总是算计别人，相互争斗、厮杀是家常便饭。他们不仅同类相残，对异类的蹂躏更是令人发指——凡万事万物，无不加以消灭。

青铜时代人类的所作所为，让宙斯恼怒不已，他决定毁灭这个时代的人类，斩草除根，一个不留。

然而谁也没有想到，在这人人皆恶的时代，竟然还有一个出淤泥而不染的正直之人。因为这个缘故，宙斯在毁灭青铜时代人类的时候，网开了一面，留下了两个人。

这个正直的人，名叫丢卡利翁，是普罗米修斯的儿子。丢卡利翁的妻子名叫皮拉，是潘多拉的女儿。在宙斯毁灭了青铜人类以后，他俩成了青铜时代仅存的两个人。在正义女神忒弥斯的指引下，丢卡利翁和皮拉让人类重新在这个世界上繁衍开来。

新诞生的人类，被称为“英雄”，因为他们是天神与人类结合的后代，他们是凡人，也是半神。而丢卡利翁和皮拉，则被视为英雄的始祖。

第四章 欧罗巴

很久以前，亚细亚这块大陆上有一个腓尼基王国，国王叫阿革诺耳。当初，伊娥与宙斯生下一个儿子厄帕福斯，厄帕福斯又生下女儿利彼亚。腓尼基国王阿革诺耳的祖先，便是利彼亚。他家有一件用金丝银线织的长裙，制作精良，出自火神赫淮斯托斯之手，是海神波塞冬当年向利彼亚求爱时候送的，后来这件衣服就成了传家宝。

阿革诺耳有一个女儿叫欧罗巴。有一天半夜，欧罗巴做了一个奇怪的梦。在梦里，世界的两个大洲——亚细亚和它对面的大陆，变成两个女人的样子，她们正在激烈地争吵着，都想要把欧罗巴带走。

亚细亚变成的女人长得跟当地人一样，而另一块大陆变的女人则很陌生。亚细亚十分激动，说自己是欧罗巴的母亲，从小把她抚养大，欧罗巴理应跟自己走；陌生的女人则像抢人一样，抓住欧罗巴的胳膊，想将她拉走。“亲爱的姑娘，跟我走吧！”陌生女人温柔地说，“我带你去见一个人，你将成为他的情人，这是命运女神的安排！”

欧罗巴从梦中惊醒后，心怦怦地跳个不停。她在床上呆呆地坐了很久，心想：“是哪一位神给了我这样一个梦呢？这个梦是什么预兆？那个陌生女人又是谁？我觉得她倒是挺亲切，即便是动手抢我，也那么温柔！唉，我真希望哪一天能够遇上她……”

第二天早上，单纯的姑娘早已忘了昨晚的梦境，跟着她的玩伴们到海边游戏玩耍去了。她穿着那件祖传的长裙，光彩照人。草地上鲜花怒放，姑娘们欢笑着采摘自己中意的花朵，像一群欢快的蝴蝶。欧罗巴采了一束火红的红玫瑰，美人配上鲜花，看上去更加娇艳欲滴。

宙斯早已被美丽单纯的欧罗巴给迷住了。可是，他又怕天后赫拉发怒。怎么才能得到这个可爱的姑娘呢？他想啊想，终于想出了一个点子。

宙斯把赫耳墨斯叫来，指着凡间对他说：“你看到腓尼基王国了吗，我的孩子？现在，我需要你下去，到他们的首都去，把正在国王的牧场上吃草的牲口统统赶到海边。”赫耳墨斯领命，立即飞了过去。

这时候，宙斯摇身一变，变成了一头大公牛。这真是一头叫人咋舌的公牛啊！它可不是那种耕田拉车的牛，而是一头膘肥体壮的金黄色公牛，额前有着一块月牙形银色印记，显得高贵而神圣。

当赫耳墨斯降临牧场，忠实地执行宙斯的命令的时候，宙斯变成的大公牛已经悄悄混进了国王的牛群中。赫耳墨斯压根没想到，万神之王宙斯居然会变成公牛，而且正跟着牛群一道，被他赶着，慢慢地来到海边。

利用公牛的外形来接近欧罗巴，这正是宙斯的诡计。所以，当牛群来到海边的草地上，四下散开啃食青草时，只有宙斯变的这头大公牛不安分地朝玩耍着的姑娘们走来。

这么一头骄傲而高贵的公牛，很快就引起了姑娘们的注意。她们饶有兴趣地走近公牛，打量着它，胆大的还伸出手摸摸它油光水滑的背。可是大公牛对其他女孩一概不理，直朝着欧罗巴走来，温柔地舔舐姑娘手里的花和姑娘的手。欧罗巴一开始吓了一跳，待看到大公牛这么温驯，忍不住伸手摸了摸它的背。

大公牛表现得越发温顺，以至于欧罗巴越来越喜欢它了，最后竟壮着胆子在大公牛的额头上轻轻吻了一下。大公牛高兴坏了，发出一声欢叫，就势跪倒在欧罗巴的脚旁，两只火热的眼睛瞅着她，摆着头，示意她爬到自己背上来。

这么一头有灵性的牛，怎么不叫人喜欢？欧罗巴高兴坏了，兴奋地呼唤玩伴们："你们快来，我想我们可以坐在这头漂亮的公牛背上，这上面能坐得下四个人呢！"她一边说着，一边爬上了牛背。

宙斯的目的达到了，他从地上一跃而起，撒开蹄子就跑。当然这时候他还是一头公牛，他可不愿意驮别的什么人。

欧罗巴还没来得及弄清发生了什么事，公牛已经驮着她穿过了草地和沙漠，纵身跳进了大海。可怜的姑娘吓坏了，只能用手紧紧地抓着牛角，用脚死劲儿夹住牛肚子。她回过头大声呼唤她的玩伴们，可是除了越来越远的海岸线，哪里又有她们的影子？

公牛驮着欧罗巴一直往前游，不久海岸线消失了，太阳也沉入了海底。即便是在漆黑的夜里，公牛仍然一刻也不停留。天亮了，又黑了，不知道游了多久，这一天傍晚，欧罗巴终于又看到了海岸。公牛爬上陆地，来到一棵大树旁，把欧罗巴从背上放下来，然后它抖了抖身子，消失不见了。

欧罗巴既惊讶又害怕，正不知道如何是好，树后面走出来一个俊逸的男子。那人告诉她："这里是克里特岛，我是这个岛的主人，如果你愿意嫁给我，我可以保护你。"恐惧而又绝望的欧罗巴别无选择，只能答应了他的要求。

这个所谓的岛主自然就是宙斯变的了，他实现了自己的愿望，心满意足地离开了。

第二天早上，欧罗巴昏昏沉沉地醒来，猛然想起昨晚发生的事情，禁不住愤恨地大叫起来："天哪，这件事难道是真的吗？该死的公牛，你要是再出现在我的面前，我一定折断你的牛角！"

这时，欧罗巴突然听到身后传来一阵低低的笑声。她惊讶地回过头，发现爱情女神阿佛洛狄忒站在那里。

阿佛洛狄忒浑身散发着天神的光彩，微笑着说：“息怒吧，可爱的姑娘！你诅咒的公牛马上就要来了，他会把牛角送来让你折断的。我就是在梦中给你启示的那个人，把你带走的，正是万神之王宙斯。现在，你已成了地面上的神，你的名字将与世长存。而你落脚的这块大陆，将以你的名字命名为欧罗巴！”

欧罗巴这才知道，自己的命运早已注定。

后来，欧罗巴为宙斯生了三个儿子——米诺斯、拉达曼迪斯和萨尔珀冬。米诺斯长大后成为克里特王，以公正严明著称于世，死后成为冥界判官。他的弟弟拉达曼迪斯死后亦成为冥界的判官之一。萨尔珀冬则是一位大英雄，后来当了小亚细亚吕喀亚王国的国王。

第五章　代达罗斯与米诺斯迷宫

代达罗斯是雅典的一位杰出建筑师和艺术家，他在很多领域做出了前所未有的创新。比如雕像，之前别人创作雕像时，石像的眼睛都是闭着的，雕刻的人物双手连着身体，无精打采地站着。代达罗斯是第一个让雕像睁开眼睛的人，他雕刻的人物，甩手迈腿，好像正在走路一样，栩栩如生。

可是，代达罗斯有一个缺点——嫉妒心特别强，这最终使他陷入悲惨的境地。

代达罗斯有个外甥叫塔洛斯，他仰慕舅舅的技艺，便拜舅舅代达罗斯为师，向他学艺。塔洛斯天资聪颖，志向远大，小小年纪就取得了不俗的成就。还是一个孩子时，塔洛斯就发明了陶工旋盘。后来他又发现蛇的颌骨有一些紧密排列的齿，能锯断小木板。受此启发，他打造了一把有很多齿的铁锯，从而成为锯子的发明者。他还发明了圆规，从此画圆不再是难事。

塔洛斯是一个善于开动脑筋的人，整天琢磨这些东西，因此发明了许多巧妙而实用的工具，这为他赢得了很大的声誉。当然，这一切都是独立完成的，并没有他舅舅什么事。嫉妒心特别强的代达罗斯，担心他的外甥将来会超过他，竟然昏了头，把塔洛斯从雅典的城墙上推了下去。

代达罗斯杀害了自己的外甥，罪行很快败露。雅典最高法院判他有罪，没想到却被他逃脱了。代达罗斯一路逃亡，最后流落到克里特岛。

克里特国王米诺斯，是宙斯和欧罗巴的儿子，他收留了代达罗斯。自此，代达罗斯在克里特岛住了下来，并在当地娶了妻子，生了一个儿子。

当初，米诺斯在夺取克里特岛王位之后，曾跟海神波塞冬做了一笔交易：由海神波塞冬降下一个祥瑞，证明夺位是顺应天意的；米诺斯则要保证以后克里特岛供奉海神波塞冬。于是，波塞冬赐给米诺斯一头巨大的白色公牛，并要求将其祭献给自己。但是米诺斯实在是太喜欢这头健壮高贵的公牛了，就悄悄杀了一只公牛冒充它来祭献。波塞冬感觉自己受了愚弄，非常愤怒，就诅咒了米诺斯的妻子帕西菲。结果，帕西菲跟这头白色公牛生下了一只牛头人身的怪物米诺陶洛斯（意思是“米诺斯的牛”）。

建筑大师代达罗斯的到来，让米诺斯非常高兴。于是他委托代达罗斯建造一个迷宫，要求越复杂越好，最好进去的人永远出不来，以便用它来困住怪物米诺陶洛斯。

代达罗斯尽心尽力地设计了一座迷宫，里面曲折往复，不知道有多少岔路，一走进去就使人眼花缭乱。迷宫建造好后，代达罗斯走进去察看，只走了几步，就差点儿连他自己也找不到出口了。

米诺斯对迷宫非常满意，把怪物米诺陶洛斯关进迷宫深处。解决了这个心头大患之后，米诺斯竟起了卸磨杀驴之心。为了不让其他人知道怪物米诺陶洛斯的来历和进出迷宫的方法，米诺斯将代达罗斯和他儿子伊卡洛斯关到了一座塔里，并封锁了陆路和海路，防止他们逃跑。

代达罗斯何其聪明，他早感觉到国王米诺斯其实并不信任他，因此就总在琢磨逃跑的方法。办法还真被他想到了——米诺斯虽然说可以从陆上和水上封住去路，但在空中还是畅通无阻的呀！对于一个技艺高超的工匠来说，从天空逃走不成问题。于是他开始收集各种各样的羽毛，不管是小羽毛还是大羽毛。他用蜡和麻线一点一点地把羽毛拼接起来，最后做成一对翅膀，看起来跟鸟的翅膀完全一样。

翅膀完工之后，代达罗斯把它们绑在身上试了试，还真能像鸟一样飞起来，只要轻轻摇动翅膀，他就可以升上天空。代达罗斯又给儿子做了一对小翅膀，一切准备停当，父子俩就要跑路了。

这一天终于到来了。父子俩绑好翅膀，代达罗斯又叮嘱一遍儿子："你要注意，必须控制好高度，在半空中飞。如果飞得太低，翅膀沾上水气，就会变得沉重，那样你就会掉下去的；要是飞得太高，翅膀上的羽毛又会被太阳烤焦而着火。”说完，两人扇动翅膀，飞上了天空。

代达罗斯领头，他像带着初学飞行的雏鸟的老鸟一样，小心翼翼地扇着翅膀，不时回过头看一眼儿子飞得怎么样。一切都很顺利，伊卡洛斯尽管还有些生疏，但学得有模有样。

不久，他们就到了萨玛岛上空，随后又飞过提洛斯和培罗斯。伊卡洛斯越飞越来劲，好像飞行也不是什么难事嘛，他不由得骄傲起来。人一骄傲，往往就会坏事。伊卡洛斯不再小心地按着父亲的要求来操纵翅膀了，他想试一试飞得更高一些是什么感觉。

他这样想着，也这样做了，悲剧就这样出现了。炽热的太阳光烤化了拼接羽毛的蜡，坚固的翅膀开始松动。伊卡洛斯没有发现即将大祸临头，还在忘乎所以地玩着。翅膀一下子散开，这个倒霉的孩子一头栽了下去，掉进万顷碧波中。

这一切发生得是如此突然，代达罗斯根本没有觉察到。当他再次回头时，才发现儿子不见了。“伊卡洛斯，伊卡洛斯，你在哪里?”代达罗斯大声呼唤起来，没有人回答他，只有一片羽毛在海上随波逐流。代达罗斯看到海面上的羽毛，终于明白了是怎么回事。他连忙收拢翅膀，降落在一个海岛上。不一会儿，汹涌的海浪把伊卡洛斯的尸体推上了海岸。

因果循环，代达罗斯残忍地杀害了他的外甥塔洛斯，没想到竟以这种方式得到报应。

埋葬了儿子之后，悲痛的代达罗斯又继续飞行，最后来到西西里岛。

西西里岛由国王科卡罗斯统治着，在这里，代达罗斯被当成贵客，受到盛情的款待。他在这里兴修水利，开挖人工湖泊，又疏通河道，把湖水一直引流到大海。他还在一座陡峭的山顶上修建了一座城堡，只有一条羊肠小道可以到达城堡，三四个人就可以守护，真真是固若金汤。科卡罗斯国王非常喜欢这座难以攻克的城堡，将他的珍宝都存放在了这里。

克里特岛国王米诺斯听说代达罗斯逃到西西里岛后，非常愤怒，亲率一支强大的舰队，直奔西西里岛，要把代达罗斯给抢回去。舰队抵达西西里岛后，米诺斯派出使者前往都城，要求科卡罗斯交出逃亡的代达罗斯。

科卡罗斯假装答应了米诺斯的要求，邀请他前来商谈。米诺斯不防有诈，还真来了。科卡罗斯热情接待了他，然后跟他说，长途跋涉，旅途劳顿，泡个热水澡可以消除疲劳。可是，等米诺斯坐到浴缸里时，科卡罗斯却让人不断加火升温，就这样把米诺斯烫死在浴缸里。

科卡罗斯把米诺斯的尸体交给克里特人，说他是在洗澡时不慎跌入沸水池中烫死的。米诺斯死后，成为冥界判官，在其他两位判官遇到分歧时，负责最后的判决。

代达罗斯一直留在西西里岛，后来他在这里培养了许多有名的艺术家和工匠，成为西西里岛文化的奠基人。虽然受到礼遇和敬重，但儿子的惨死让他一直心存愧悔。最终，他客死在西西里岛，并被埋葬在那里。

第六章　珀罗普斯与奥运会

与坦塔罗斯亵渎神明不同，他的儿子珀罗普斯对神祇十分虔诚。

坦塔罗斯被打入地狱以后，邻近的特洛伊王国入侵西庇洛斯，珀罗普斯被赶出了国土，流亡到希腊。

这个被神复活的少年，下巴上还没长出胡子，心里却早已有了意中人。被他选中的那个姑娘叫希波达弥亚，是伊利斯国王俄诺玛诺斯的女儿。看中人家容易，想娶到手有点难——因为有一个预言家曾经对伊利斯国王预言，他女儿结婚时，当父亲的便会死亡。

俄诺玛诺斯国王当然不敢拿自己的性命开玩笑，因此千方百计地阻止任何人前来向他女儿求婚。他让人张贴告示，说凡是想娶他女儿的人，必须先跟他赛车，只有赢了他的人才能娶他女儿。如果输了怎么办？那就把命留下，让国王把落败者杀死。

比赛的起点定在比萨，终点是哥林多海峡的海神波塞冬的神坛。比赛的程序是，求婚者驾着四匹马拉的战车先走，国王到宙斯的神庙献祭一只公羊，等献祭仪式完毕，他就驾车追赶。国王站在战车上，手执一根长矛，如果竞赛者被追上，他就有权将对手刺倒在地。

头脑发热的求婚者们听到这个苛刻的条件，都不以为然。他们觉得，肯定是俄诺玛诺斯国王自知年老体衰，比不过年轻人，故意让年轻人先走一步，这样即使他输了，也可为自己找了一个体面的借口。

想要抱得美人归的年轻人纷纷赶到伊利斯，向国王求亲。俄诺玛诺斯热情地接待了他们，给他们提供马车，然后一个个地较量。年轻人们驾着四马战车，踌躇满志。俄诺玛诺斯按程序向宙斯献祭公羊，一点儿也不着急。献祭完毕，他登上一辆战车，催动马匹，开始追赶。

谁也不会想到，国王的那两匹马竟是两匹难得一见的宝马，它们的名字叫菲拉和哈尔彼那。它们拉着战车疾步飞奔，速度赛过强劲的北风。就这样，国王很快就追上了先走一步的求婚者，毫不留情地将长矛刺入他的胸膛。

珀罗普斯赶到伊利斯的时候，已经有十二名求婚者死在了国王的长矛之下。他听到这个消息，知道不能蛮干，于是趁着夜色来到海边，祈求海神波塞冬助他一臂之力。

“伟大的海洋之主，”珀罗普斯祈求道，“如果你也曾品尝过爱情的甜蜜，那就请助我一臂之力。请赐给我神车，让我以最快的速度到达终点，保佑我不至于受到俄诺玛诺斯长矛的伤害!”

海神波塞冬被这个虔诚的年轻人打动了，决定帮他一把。

只听海水中响起一阵哗哗的声音，一辆金光闪闪的神车劈开波浪，腾空而出。这辆车子由四匹长着翅膀的飞马拉动，速度快如离弦之箭。珀罗普斯飞身跃上马车，一声轻喝，马车便像一阵风似的向伊利斯驰去。

当国王俄诺玛诺斯看到了珀罗普斯时，不禁大吃一惊，因为他一眼就看出了那辆金马车绝非凡品。可是他对自己的两匹宝马充满信心，因此也就没有拒绝珀罗普斯按照原先的条件比赛。

珀罗普斯和他的金马车站到了赛场上，他按照规矩先行一步，国王去向宙斯献祭。跟先前那十二个倒霉的未婚者一样，珀罗普斯快要到达终点时，国王从后面追了上来。国王的宝马果然非同凡响，难怪他那么自信。

眼看国王的马车就要赶上，国王已经举起长矛，正要刺向珀罗普斯的后背。就在这时，海神波塞冬再次出手相助了。他暗中弄坏了国王的车轮，疾驰的马车一下子栽倒，跌得粉碎。国王俄诺玛诺斯飞出马车，坠地而亡。

就这样，珀罗普斯驾着马车顺利到达终点。

珀罗普斯娶了希波达弥亚，成了伊利斯的国王。

他们的婚礼在奥林匹亚城的宙斯庙前举行，这是一个举国欢庆的盛会，会上安排了战车、角斗等比赛，这就是最初的奥运会，珀罗普斯因此被视为古奥运会的创始人。

第七章
赫拉克勒斯的十二件任务

一、赫拉克勒斯的抉择

阿尔克墨涅是珀耳修斯的孙女，底比斯国王安菲特律翁的妻子。

阿尔克墨涅的哥哥被仇人所杀，她发誓大仇不报就不和安菲特律翁同床。为了替妻子报仇，安菲特律翁领兵出征。没料到，在安菲特律翁凯旋的前夜，宙斯看上了阿尔克墨涅。宙斯让太阳神和月亮女神都放了长假，使得这个夜晚是平时的三倍之长。然后，他变成安菲特律翁的样子，赶在安菲特律翁之前来到王宫。

安菲特律翁回来后，发现事情有些不对劲，可想而知，他的心情是多么糟糕。

不久，阿尔克墨涅有了身孕。这个孩子出生以后，取名赫拉克勒斯。毕竟是一个来历不明的孩子，阿尔克墨涅没有理由不担心他在王宫的安全。于是，她将新生儿放在篮子里，盖上一点儿稻草，悄悄地送到了宫外，希望有好心人能够收养他。后来，丢赫拉克勒斯的这地方，就被称为赫拉克勒斯田野。

凑巧的是，天后赫拉和智慧女神雅典娜到下界散步，居然在田野里碰到了这个被丢弃的孩子。雅典娜见孩子长得漂亮，非常喜欢，便怂恿天后赫拉给孩子喂奶。天后赫拉一时母性流露，还真就抱起孩子给他喂奶。

赫拉克勒斯正饿得厉害，立即咬住赫拉的奶头，拼命地吮吸乳汁，把乳头咬得生疼。这下天后可有些生气了，把孩子往地上一扔，不喂了。雅典娜没办法，只好把孩子带进城里，交给王后阿尔克墨涅代为抚养。阿尔克墨涅一眼就认出那是自己的儿子，自然很高兴地把孩子留下了。

由于吮吸了赫拉的乳汁，赫拉克勒斯从此脱离了凡胎。

天后赫拉很快就弄清楚了那个吃了她奶的孩子是谁，她非常后悔竟然救了情敌的儿子。天后可不是一个善罢甘休的人，她立即派出两条毒蛇，让它们进宫去杀掉赫拉克勒斯。

夜深人静，两条毒蛇爬进王宫，人们都在酣睡。它们爬进摇篮，缠住赫拉克勒斯的脖子。赫拉克勒斯感到脖子被勒得难受，睁开眼睛一看，是两条蛇，便一手抓住一条，使劲一捏，两条蛇就玩完了。

大人们被惊醒，看到赫拉克勒斯捏着两条毒蛇当玩具玩，都是又惊又喜。

国王安菲特律翁觉得这件事有些不可思议，便派人找来底比斯的盲人占卜者提瑞西阿斯，让他看看到底是吉是凶。这一看可不得了，占卜者说，这孩子长大以后，将会成为一个了不起的英雄，他将战胜巨人，杀死陆地上和海洋里的许多怪物，在历经考验后，他将像神祇一样，享有永久的生命，并赢得青春女神赫柏的爱情。

到这时，国王安菲特律翁对这个来历不明的儿子，态度终于转变了。他觉得赫拉克勒斯是上天赐予他的礼物，并为此而感到十分自豪。

这么一个天赋极高的孩子，自然要悉心栽培。

于是，国王安菲特律翁聘请了各路英雄给年轻的赫拉克勒斯传道授业。赫拉克勒斯也的确是孺子可教，学习各项本领肯吃苦肯钻研。可是，教他认字的老师——白发苍苍的里诺斯老先生实在不能算是一个合格的老师，他缺乏耐心，还总是体罚学生。有一次，老先生无缘无故又打赫拉克勒斯。赫拉克勒斯年轻气盛，顺手抓起一把竖琴朝老师扔过去。没想到小伙子劲太大，这一下正好砸在里诺斯老先生头上，竟把他砸死了。

赫拉克勒斯被告到法庭。好在法官拉达曼提斯为人正直，经过审理，他认为赫拉克勒斯不是故意行凶，而是正当的自卫杀人，于是判他无罪。从此，人间多了一条法律，即由于自卫而失手打死人者无罪。

国王安菲特律翁担心力大无穷的儿子以后还会惹祸，就把他送到乡下去放牛。在这里，赫拉克勒斯的天性得到了充分的释放。到18岁时，他长得又高又壮，能骑善射。现在，他将面临着人生道路的抉择，看看这一身好武艺和力量是用来造福人类，还是为祸人间了。

这一天很快到来。

那天，赫拉克勒斯独自来到一个安静的地方，思考他的人生道路问题。突然，他看到两个女人迎面走来。其中一个女人高贵纯洁，穿一身洁白的长袍；另一个女人雍容华贵，娇媚动人。

当两个女人走近时，娇媚的那个抢先几步，冲到赫拉克勒斯面前，说："赫拉克勒斯，你还在犹豫不决，不知道该选择什么样的人生道路吗？别多想了，跟我走吧！我的朋友们都称我为幸福女神，我会带你走上最快乐的人生道路，让你享尽人生乐趣，没有一点儿烦恼。你既不用参加任何战争，也不用操心生意上的事，你只需要享受。荣华富贵，美酒佳肴，衣来伸手，饭来张口，你能想到的一切，我都可以给你！"

这时，另一个女子也走了过来。"亲爱的赫拉克勒斯，"她说，"我是美德女神。如果你选择我给你指引的路，你将建立不朽的丰功伟绩，成为真正受人爱戴的英雄。可是我不能保证你享受荣华富贵，我只是想告诉你，天上不会掉馅饼。如果你希望神祇保佑你，你首先应该敬奉他们；你要想得到朋友们的爱戴，就该为他们做好事；你要想人们尊崇你的美德，你就应该为他们谋幸福。”

她的话还没说完，幸福女神打断了她：“赫拉克勒斯，你看，你要费多大的劲，才能达到她说的目标！而我，却能以最快捷的方式指引你走向幸福！”

“你就不要自欺欺人了，”美德女神说，“你根本不知道什么是真正的快乐！你让人们年轻时花天酒地，整天无所事事，到年老时再去追忆似水流年，真的是对他们好吗？而我，让年轻人为人生而奋斗，让老年人回忆起从前觉得不虚此生，我让人们不会因为虚度光阴而愧悔，即便走进坟墓，他们的荣耀仍留在人间，受到后世的景仰！所以，好好想想吧，赫拉克勒斯，想清楚你选择什么样的道路，才会感到真正的幸福！”

说完，两个女子消失了，只剩下赫拉克勒斯一个人留在原地。

他弄不清这是一个梦，还是真真切切发生的事。但是，他已经决心选择美德女神指引的道路了。

那个时候，希腊丛林密布，到处是凶猛的狮子、野猪和其他野兽。赫拉克勒斯听说基太隆山有一头凶恶的狮子，总是出来骚扰百姓，祸害牧场，他立即做出了决定，除掉这个孽畜。赫拉克勒斯全副武装进了荒山，找到作恶的狮子，把它打死，剥下狮皮披在肩上当披风，又把狮头割下来做了一个头盔。

赫拉克勒斯的抉择

回来的途中，赫拉克勒斯遇到了几个耀武扬威的使者，他们是明叶国王埃尔吉诺斯派出来，向底比斯人收取岁贡的。底比斯人遭受这种屈辱已经很久了，可是没有人敢反抗。赫拉克勒斯狠狠地教训了他们一顿，然后把他们捆起来送回他们自己的王国。明叶国王非常恼火，要求底比斯国王交出凶手，否则就要大军压境。赫拉克勒斯闻讯，立即动员了一支队伍，号召大家共同反抗敌人。

双方在一个狭窄地带遭遇，明叶王国人虽多，在这狭窄的地方却施展不开，结果被赫拉克勒斯的一小队人马打得人仰马翻，连明叶国王埃尔吉诺斯也死在乱军中。赫拉克勒斯击溃明叶军团后，迅速推进，一路打到明叶王国的都城，一把火烧毁了王宫。从此，强加在底比斯人头上的屈辱被彻底洗刷。

年轻的赫拉克勒斯一战成名。

二、十二件任务

关于赫拉克勒斯的出生，还有一个小插曲。

话说宙斯变成安菲特律翁的样子诱骗了阿尔克墨涅之后，他心里一直还惦记着这事儿。有一天，算算这个孩子该出生了，宙斯忍不住得意地在众神的宴会上说了一句话：“今天，将有一个孩子在珀耳修斯的后裔中出生，这是一个了不起的小家伙，他将成为国王，珀耳修斯其他子孙都将是他的臣民。”

本来，宙斯说这话，是想把这个国王的位子送给他和阿尔克墨涅的儿子的。可是没想到，天后赫拉从这话里嗅出了不寻常的味道。她悄悄一调查，发觉宙斯又拈花惹草了，而且孩子都要出生了，他还准备给这没见面的儿子一份大礼！

这下天后可真是气坏了，于是，她想了一个办法，不仅让宙斯吃了个暗亏，还有苦没法说。什么办法呢？你不是说今天出生的这个孩子将会成为国王吗？那好，我让别的孩子今天生，让你的儿子今天生不了！

天后立马召来催产与难产女神厄勒提亚，让珀耳修斯的另一个重孙子欧律斯透斯提前出生——他才在娘肚子里待了七个月。而阿尔克墨涅呢，让她难产。就这样，先出生的欧律斯透斯成了国王，后来出生的赫拉克勒斯成了臣民。

欧律斯透斯是一个碌碌无为的国王，但是看着他的年轻兄弟声名显赫，他心里挺不是滋味的。于是，他便想着法儿刁难赫拉克勒斯，给他布置了十件无比艰难的任务。

赫拉克勒斯本不愿意服从，但宙斯说出来的话，那是金口玉言，无法更改。宙斯只好启示儿子，好好完成这十项任务，然后就可以得道为神，获得自由。

于是，赫拉克勒斯便踏上了挑战这十项任务的征程。实际上他前后完成了十二件任务，但欧律斯透斯不承认其中的两件，只给他算十件。接下来我们要讲的，便是赫拉克勒斯完成这十二件任务的故事。

勇斗尼密阿巨狮

欧律斯透斯国王交给赫拉克勒斯的第一件任务是，剥下尼密阿巨狮的皮。

这头巨狮生活在阿耳戈利斯地区尼密阿的大森林里，凶猛无比，普通的武器根本伤不了它。传说它是怪物堤丰和半人半蛇的女怪厄喀德那所生，也有人说它是从月亮上掉下来的，总之这东西来头不小。

赫拉克勒斯先前也杀死过一头狮子，现在，他披上狮皮，戴上狮子头做的头盔，出发去捕杀尼密阿巨狮了。

这天，赫拉克勒斯来到克雷渥纳，晚上借住在一个工人莫洛耳库斯家里。当时，莫洛耳库斯正准备宰杀一头牲口献祭给宙斯。赫拉克勒斯说："朋友，让你的牲口再多活三十天吧！如果届时我能平安回来，我也借你的光祭拜一下宙斯；如果我没回来，那就是被狮子吃掉了，麻烦你顺便祭奠一下我。"

第二天，赫拉克勒斯继续赶路。路过赫利孔山时，他连根拔起一棵橄榄树，做了一根木棒当武器。又走了几天，他终于来到尼密阿大森林。他在森林里四处寻找，想找到一点巨狮的蛛丝马迹，可是一无所获。一路上他也没遇到一个人，人们因为害怕巨狮，早都远远地躲开了。

就这样在森林里转了一天，太阳落山了，天快黑了。这时，赫拉克勒斯听到一阵响动，抬头一看，巨狮在林中出现了！它的肚子鼓鼓的，嘴边的毛还沾着点点鲜血，看样子是刚刚饱餐了一顿。现在，它一路溜达着走过来，应该是准备回窝休息。

赫拉克勒斯连忙躲进树丛里，等它走近，挽弓搭箭，朝着它的腰部就是一箭。这一箭迅猛无比，可是射到巨狮身上，却像射在石头上一样，“啪”地被反弹回来，落在长满苔藓的地上。巨狮吃了一惊，停住脚步，昂起头，龇着牙，转动着脑袋四下张望。赫拉克勒斯瞅准时机，朝它的前胸又是一箭。可是这一箭也一样，一点儿也没伤着它。

巨狮被激怒了，它发现了赫拉克勒斯，低吼一声，猛扑过来。赫拉克勒斯扔下手中的箭，挥起木棒朝巨狮头上狠狠敲去。这一棒不下千钧之力，巨狮吃了一击，顿时摔倒在地。它挣扎着站起来，又朝赫拉克勒斯扑来。赫拉克勒斯干脆把木棒也丢了，腾出双手，翻身一跃，骑在了巨狮背上，然后抱住巨狮的脖子，死命地卡住它的喉咙。巨狮挣扎了一阵，终于断了气。

现在，该是处置猎物的时候了。可是，赫拉克勒斯想了各种办法，也没能把狮皮剥下来，因为任何武器都没法在它身上割开一道口子。最后，他想到了巨狮锋利的爪子，这东西管不管用呢？一试，还真行！就这样，赫拉克勒斯用巨狮的利爪划开它的肚皮，终于把狮皮剥了下来。他用这张狮皮缝了一件盔甲，还做了一只新头盔。

赫拉克勒斯再次来到莫洛耳库斯家时，时间正好过去了三十天。莫洛耳库斯以为他回不来了，正准备祭奠他的亡灵呢。两人一起给宙斯献祭了供品，然后，赫拉克勒斯同他的朋友告别，起程返乡了。

当赫拉克勒斯披着狮皮回到王宫时，国王欧律斯透斯吓得双腿发软。从这以后，他再也不敢让赫拉克勒斯接近自己了。

杀死九头蛇怪

赫拉克勒斯领到的第二件任务，是杀死九头蛇怪许德拉。

许德拉是怪物堤丰和女怪厄喀德那的女儿。她在勒那的沼泽里长大，常常爬到岸上祸害百姓。许德拉有九个头，其中八个可以杀死，而中间那一个却是杀不死的。

赫拉克勒斯坐上马车，开始了他新的冒险。驾车的是他的侄子伊俄拉俄斯，是他的得力助手。马车还没有到达勒那，他们就在阿密玛纳泉附近遇上了九头蛇怪许德拉。

这会儿，九头蛇怪正在山洞里休息。赫拉克勒斯跳下马车，一连朝山洞里射了几箭，把九头蛇怪引出了洞。许德拉被打扰了好梦，十分生气，她咝咝地吐着芯子，冲到赫拉克勒斯面前，样子十分吓人。

赫拉克勒斯根本不怕，一把抓住她的脖子，想把她捏死。许德拉也不是吃素的，她用身子缠住赫拉克

赫拉克勒斯与九头蛇

勒斯的一只脚，让他动弹不得。赫拉克勒斯挥起木棒，使劲地敲她的头，但是敲碎一个，马上又会长出两个来。

这时，许德拉养的一只巨蟹也跑出来参战，用巨钳夹住赫拉克勒斯的另一只脚。赫拉克勒斯被夹得生疼，赶紧挥起木棒，将巨蟹打了个稀巴烂。后来，赫拉克勒斯的仇人——天后赫拉，把这只巨蟹变成天上的一个星座，即巨蟹座。

眼见这场战斗没完没了，赫拉克勒斯便叫伊俄拉俄斯过来帮忙。他们想了一个办法，由伊俄拉俄斯把周围的树林点着，然后取来熊熊燃烧的树枝，每当赫拉克勒斯打下来许德拉的一个头，伊俄拉俄斯便用烈火灼烧头颈的根部，以防再长出新的头来。

这个方法挺管用，赫拉克勒斯依次将许德拉的八个脑袋打了下来。最后，他又乘机砍下许德拉那颗不死的头，将它埋在路边，上面压上一块巨大的石头。九头蛇怪许德拉终于被除掉了。

赫拉克勒斯把蛇怪的身体劈成两段，拿出他的箭在有毒的蛇血里浸了浸。从此，他的箭也有了剧毒，中箭的人无药可医。

可是，欧律斯透斯却不承认这件任务，因为赫拉克勒斯杀蛇怪时，伊俄拉俄斯帮了忙。不承认就不承认吧，高傲的赫拉克勒斯可不愿意跟他争辩。

生擒刻律涅亚牝鹿

欧律斯透斯给赫拉克勒斯的第三个任务，是要他生擒刻律涅亚山上的牝鹿。

这头牝鹿并不是凡物，它长着黄金鹿角、青铜蹄子，是狩猎女神阿耳忒弥斯的圣兽。阿耳忒弥斯在首次打猎时，抓到了五头牝鹿，只有这一只被放养在树林里。可能它根本不会想到，它之所以被放生，是因为命运女神早已安排好了，有朝一日它要让赫拉克勒斯为追抓它而累得精疲力竭。

赫拉克勒斯追这头牝鹿追了整整一年，他既不能杀死牝鹿，也不想让它受伤，结果弄得双方都疲惫不堪。

最后，牝鹿不胜其烦，准备渡过拉同河，摆脱赫拉克勒斯的追捕。为了不让牝鹿逃走，赫拉克勒斯迫不得已射了一箭，正中牝鹿的腿。牝鹿受伤，不能奔跑，赫拉克勒斯终于抓住了它。

赫拉克勒斯把受伤的牝鹿扛在肩上往回走。途中，他遇到狩猎女神阿耳忒弥斯和光明之神阿波罗。狩猎女神见居然有人抓住了她的牝鹿，非常生气，责问他为什么伤害她放生的猎物。

“伟大的女神，”赫拉克勒斯赶紧解释，“我这也是迫于无奈，要不我没法儿完成欧律斯透斯交给我的任务了！”

狩猎女神弄清楚了原委，平息了怒火。

赫拉克勒斯顺利地将牝鹿活着带了回去。

活捉厄律曼托斯野猪

赫拉克勒斯马上又接到了第四个任务——活捉厄律曼托斯野猪。

这头野猪是献祭给狩猎女神阿耳忒弥斯的祭品，可是它在厄律曼托斯一带糟蹋庄稼，危害百姓。赫拉克勒斯很愿意为民除害。

在前往厄律曼托斯的途中，赫拉克勒斯结识了一个叫福罗斯的朋友。福罗斯是半人半马的肯陶洛斯人，他热情地端出烤肉招待朋友，自己却吃生肉。

赫拉克勒斯吃着烤肉，希望能再有一点儿酒喝。福罗斯闻言笑道："不瞒你说，我的地下室里确实有一桶酒，不过并不是我一个人的，而是属于全体肯陶洛斯人公有。我可不敢把它打开，你知道的，我们肯陶洛斯人并不算慷慨。"

赫拉克勒斯听说有酒，哪里还忍得住，便对福罗斯说："尽管打开吧，你放心，如果他们责难你，我来承担责任！"

于是，福罗斯走进地下室，把酒桶打开了。这酒还真香，刚一打开，就招来了一大群肯陶洛斯人。他们见福罗斯打开了酒桶，非常生气，纷纷抄起木棒，拎起石块，把地下室团团围住，要狠狠责罚偷酒的人。

赫拉克勒斯拿起火把，把进到地下室的肯陶洛斯人赶了回去，又趁机追出去，把其余的肯陶洛斯人打得落花流水。然后，他一路追赶这些肯陶洛斯人，来到玛勒河，赫拉克勒斯的老朋友喀戎就住在这个地方。

喀戎是肯陶洛斯人中著名的贤者，大家都认识他。那些被追得气息奄奄的肯陶洛斯人，纷纷跑到喀戎的山洞里避难。赫拉克勒斯朝他们射了一箭，他并不知道喀戎也在山洞里——利箭穿过一个肯陶洛斯人的手臂，又射中了喀戎的膝盖。

赫拉克勒斯误伤了朋友，很是惶恐。他赶紧拔下喀戎膝盖上的箭，又调了药膏敷在伤口上。但是，他的箭浸过九头蛇怪许德拉的毒血，射中人是无药可救的。喀戎被箭伤折磨得痛不欲生，竟觉得生无可恋，希望能死在朋友的怀里。可是他忘了一件事，他是不死之身。也就是说，他膝盖上的伤永远好不了，他也死不了，只能永远承受伤痛的折磨。

赫拉克勒斯只得含泪告别了喀戎，答应他不管花多大的代价，也要解除老朋友的痛苦。后来，赫拉克勒斯带喀戎来到普罗米修斯遭受刑罚的地方，喀戎用自己的长生换取普罗米修斯重获自由，他才终于得以瞑目。

赫拉克勒斯告别喀戎，回到福罗斯那里时，发现他的箭又酿成一起悲剧。原来福罗斯惊叹于赫拉克勒斯的短箭竟然如此厉害，从一个死者身上拔了一支箭观看。不料这箭失手掉到地上，划破了他的脚，他立刻毙命。赫拉克勒斯悲伤地葬了他的朋友，从此，福罗斯长眠的这座山便叫作福罗山。

赫拉克勒斯找到野猪，把它赶出丛林，一直追到雪地里，用活扣把它套住，完成了第四件任务。

打扫奥革阿斯的牛棚

国王欧律斯透斯指派的第五项任务，说起来有些让人难堪。他竟然要求赫拉克勒斯在一天之内，把伊利斯国王奥革阿斯的牛棚打扫干净。

别以为这活儿就是脏点儿累点儿，奥革阿斯养的牛可不是一头两头，他养了三千多头牛，全部关在王宫前面的牛棚里。可是呢，牛棚一次也没清理过，日积月累，里面堆满了牛粪。别说一天，就是一百天，谁又能保证把它弄干净呢？

赫拉克勒斯跑到奥革阿斯国王的牛棚前看了看，心里有了主意。他跟国王说，愿意帮他清扫牛棚。国王打量着眼前这个身披狮皮的魁梧武士，心想他不去上阵杀敌，竟要去干仆人才干的活儿，真是可笑。转念他又想，说不定这家伙就是贪图钱财，想要我给他重赏吧。如果他真能在一天之内把牛棚打扫干净，重赏他又何妨！

想到这儿，国王说："外乡人，听着，如果你真能在一天之内把牛棚打扫干净，我就把牛群的十分之一赏给你！"

赫拉克勒斯同意了，他叫来国王的儿子菲洛宇斯，请他做证人。然后，他在牛棚的边上挖了一条沟，把王宫旁边的河水引过来，用河水来冲刷牛棚。不到一天工夫，牛棚里面堆积的牛粪便被冲得干干净净。

赫拉克勒斯完成了任务，高兴地回去向欧律斯透斯交差。可是，欧律斯透斯却说这次的任务不能算数，因为奥革阿斯国王许诺给他报酬。

其实，赫拉克勒斯根本就没有拿到奥革阿斯承诺的奖赏。当奥革阿斯看到赫拉克勒斯轻易就完成了任务时，便耍起了赖，说赫拉克勒斯是来完成欧律斯透斯交代的任务的，无权要求奖赏。他的儿子菲洛宇斯站出来作证，他立即把儿子和赫拉克勒斯驱逐出了他的王国。

降伏斯廷法罗斯湖怪鸟

欧律斯透斯派赫拉克勒斯做的第六件任务，是降伏斯廷法罗斯湖的怪鸟。

原来，斯廷法罗斯湖周围长着茂密的丛林，招来了不少的鸟类。其中有一种怪鸟，翅膀、嘴巴和爪子像铁一样硬，它们抖落的羽毛像射出的箭一样厉害，它们坚硬的嘴巴甚至可以啄破盾牌。这些怪鸟日久成祸，让当地老百姓苦不堪言。

赫拉克勒斯立即动身，不久，他便来到斯廷法罗斯湖畔。

这些怪鸟就栖息在湖畔的树林中，很容易找到。

可是，它们的数量实在是太多了，一受惊吓就在树林里乱飞，赫拉克勒斯眼睁睁地看着它们，空有一身力气，却无计可施。

就在他快要灰心，觉得自己不能完成任务时，智慧女神雅典娜来指点他了。

雅典娜给了赫拉克勒斯两面铜做的响板，那是火神赫淮斯托斯特意打造的。她告诉赫拉克勒斯，可以用这个东西驱赶怪鸟。赫拉克勒斯得到指点，连忙爬到湖边的一座小山上，使劲敲起铜响板。

怪鸟被这刺耳的声音惊吓，都惊慌地飞出树林。赫拉克勒斯趁机拿起弓箭，对着鸟群连射几箭，几只怪鸟被射中，掉了下来。其他的怪鸟更是恐慌，拼命地扇着翅膀逃窜。它们一直朝前飞，越过大海，到达阿瑞蒂亚岛，从此再也没有回来。

驯服克里特公牛

克里特岛的国王米诺斯，是宙斯和欧罗巴的儿子。我们前面讲过，他曾答应海神波塞冬，要把从海里出现的一头巨大的白色公牛当作祭品献给海神。可是当米诺斯看到这头漂亮的公牛时，他又舍不得了，于是就悄悄地杀了另外一头公牛代献祭给波塞冬。海神波塞冬觉得自己受到了愚弄，非常生气，他不仅诅咒了米诺斯的妻子，还让这头公牛变得疯狂起来，在克里特岛为非作歹，大搞破坏。

赫拉克勒斯的第七个任务，便是驯服这头公牛，并将它带回去献给欧律斯透斯国王。

赫拉克勒斯来到克里特岛，见到了国王米诺斯。米诺斯听说有人要来制服这头公牛，非常高兴，他可是为这头公牛伤透了脑筋。赫拉克勒斯连凶猛的巨狮都不怕，一头公牛更不在话下。他很快就把发狂的公牛收拾得服服帖帖，然后骑到牛背上，一路赶着它，回到了亚各斯。

赫拉克勒斯把公牛交给了国王欧律斯透斯，国王表示很满意。他让赫拉克勒斯去抓这头公牛，只是想刁难他，现在人家完成了任务，他也无话可说了。至于这头公牛，国王看了之后就把它放了。

这一放不得了，脱离了赫拉克勒斯的控制，公牛又发起疯来。它无人管束，到处流窜，跑遍了斯巴达和拉加狄亚地区，然后穿过地峡，到达雅典的马拉松，四处作恶。直到很久以后，希腊英雄忒修斯制服了它，才除了一害。

制服吃人凶马

皮斯托纳王国的国王叫狄俄墨得斯，是战神阿瑞斯的儿子。皮斯托纳人生性残忍好战，他们的国王更是如此。狄俄墨得斯养着一群凶猛的马，必须用铁链子锁在铁制的马槽上，才能防止它们逃跑。狄俄墨得斯喂马的方式尤其吓人，他不是给马吃普通的饲料，而是将那些误入城堡的外地人抓住，扔到马槽里让马吃掉。

赫拉克勒斯的第八项任务，就是把狄俄墨得斯的这群凶马带回来。

赫拉克勒斯来到皮斯托纳王国，制服了管理马厩的士兵，然后把这群凶马赶到海边。说来也怪，这些马见到赫拉克勒斯，立即变得驯服起来，老老实实地听他指挥。这时，皮斯托纳人在他们国王的率领下，全副武装地追了上来。赫拉克勒斯把马匹交给他的同伴阿珀特洛斯看管，自己前去迎战。

双方一场大战，赫拉克勒斯英勇无比，把皮斯托纳人打得毫无招架之力。最后，赫拉克勒斯活捉了狄俄墨得斯，其余皮斯托纳人见势不妙，一哄而散。

可是让赫拉克勒斯没想到的是，他一离开，那些马就又变得疯狂起来。当他打退追兵回来的时候，才发现自己的同伴阿珀特洛斯被凶马给吃掉了。赫拉克勒斯既难过又生气，就以其人之道还治其人之身，把狄俄墨得斯也丢给那些马吃掉了。

阿珀特洛斯是神的使者赫耳墨斯的儿子，为了纪念他，赫拉克勒斯在附近建造了一座城池，命名为阿珀特拉城。

赫拉克勒斯带着这些马顺利返回，把它们交给欧律斯透斯。欧律斯透斯见到这些吃人的马，非常害怕，连忙吩咐把它们放掉。据说，后来这些凶马跑到奥林波斯山上，全部被野兽吃掉了。

完成这件事以后，赫拉克勒斯便随同伊阿宋和阿耳戈英雄们前往科尔喀斯夺取金羊毛。不过，中途因为寻找他的朋友许拉斯，赫拉克勒斯脱离了大部队。此后，他又回到亚各斯，接受了欧律斯透斯的第九项任务。

夺取亚马孙女王腰带

这第九项任务，是夺取亚马孙女王的腰带。原来，国王欧律斯透斯有一个女儿，叫阿特梅塔，她一心想得到亚马孙女王希波吕忒的腰带。欧律斯透斯便命令赫拉克勒斯去把它夺回来，献给阿特梅塔。

亚马孙人住在特耳莫冬河沿岸，这是一个只有女人的王国，她们只养女孩子，如果生下男孩，要么送人，要么杀掉。亚马孙人尚武好战，她们从小就被当成战士训练，学习投矛射箭、舞刀弄枪。她们的女王希波吕忒有一根战神阿瑞斯亲自赠送的腰带，这是女王权力的标志。

赫拉克勒斯召集了一批帮手，乘船出海，开始了新的冒险。经过一番周折，他们渡过黑海，来到特耳莫冬河入海口，又逆流而上，进入亚马孙人的领地。

亚马孙女王听说赫拉克勒斯到访，亲自前来迎接。她一见到身材魁梧、相貌堂堂的赫拉克勒斯，便被他征服了。赫拉克勒斯没有隐瞒，直截了当地告诉女王，他是奉命前来取她的腰带的。女王听后，二话没说，一口答应将腰带送给赫拉克勒斯。

有时候事情太顺利了也不是好事。天后赫拉见赫拉克勒斯这么容易就要取得女王的腰带，十分嫉恨，便变作亚马孙女人的样子，混在人群中散布谣言，说赫拉克勒斯劫持了她们的女王。

亚马孙人信以为真，立即集结了一支队伍，前来袭击赫拉克勒斯的营地。就这样，双方发生了一场恶战。

第一个跟赫拉克勒斯交手的女人，人称旋风姑娘，因为她奔跑起来像一阵风。可是赫拉克勒斯跑得比风更快，旋风姑娘败下阵来，被赫拉克勒斯追上杀死。第二个女人也不是赫拉克勒斯的对手，刚一上来就被打倒。第三个跟赫拉克勒斯交手的女人，此前有着个人对阵七次获胜的记录，可是也被打死。之后又有许多女人前来对阵，可惜都不是赫拉克勒斯的对手。这中间有三个参加过狩猎女神阿耳忒弥斯狩猎比赛的勇士，投标枪百发百中，可是在这场战斗中，她们就是击不中赫拉克勒斯。最后，这支队伍的首领被赫拉克勒斯活捉，亚马孙女人知道自己不是对手，顿时作鸟兽散。

亚马孙女王献出腰带，赫拉克勒斯顺利完成了这个任务。

在回来的途中，路过特洛伊时，赫拉克勒斯发现海边的岩石上绑着一个女人。

这个女人是特洛伊国王拉俄墨冬的女儿赫西俄涅，她被绑在这里，是要献给海怪当食物的。原来，海神波塞冬曾经给国王拉俄墨冬建造了特洛伊城墙，但国王事后赖账，没有支付报酬。海神为了报复他，特地派海怪前来危害特洛伊的百姓。国王拉俄墨冬被逼无奈，只好答应把女儿献给海怪，以求海神原谅。

赫拉克勒斯路过的时候，国王拉俄墨冬见这人英勇魁梧，便请求他拯救自己的女儿，并答应事成之后，送给他一对神马。这对神马，是宙斯将美少年伽倪墨得斯带到奥林波斯圣山给诸神斟酒以后，送给拉俄墨冬父亲的礼物。

赫拉克勒斯答应了他的请求，埋伏在海边，待海怪张开血盆大口要吞吃绑在岩石上的姑娘时，赫拉克勒斯猛地冲过去，跳进海怪的嘴巴里，顺着喉咙钻进它的肚子，然后用刀砍碎它的内脏，从它身上挖了一个洞爬了出来。

赫拉克勒斯以身犯险，救了国王的女儿，没想到，拉俄墨冬这次又耍赖，不愿意送上神马。这个贪婪狡诈的国王，前面许诺后面耍赖，连神祇都骗，深为人不齿，后来人们就用他的名字比喻言而无信的人。

因为有任务在身，赫拉克勒斯只能恨恨地离开。临走前，他发誓一定要报这个仇。后来，赫拉克勒斯真的带着一批战士攻破了特洛伊城，将拉俄墨冬用箭射死。

牵回巨人革律翁的牛群

夺取了亚马孙女王的腰带以后，欧律斯透斯马上又派赫拉克勒斯去做第十项任务——牵回巨人革律翁的牛群。

革律翁是厄里茨阿岛上的一个可怕的巨人，他的身体是由三个人组合而成的，因此，他有三个头、六条胳膊、六条腿，世上没有一个人敢去触怒他。革律翁养着一群红色的牛，由另一个巨人和一只双头猎犬看管。除此之外，革律翁还有三个高大威猛的儿子，每人统领着一支骁勇善战的军队。

很明显，欧律斯透斯交给赫拉克勒斯这样一个任务，是没安什么好心的。也许他心里想的是，赫拉克勒斯就死在那些巨人手里，再也不回来才好。可是赫拉克勒斯并不害怕，他组建了一支军队，踏上了征程。

路过利比亚的时候，赫拉克勒斯碰到了巨人安泰俄斯。

安泰俄斯是大地之母盖亚和海神波塞冬所生的儿子，凡是路过利比亚的外地人，都被要求跟他摔跤。可是，安泰俄斯力大无比，而且只要站在地上，他就是不可战胜的，因为他可以从大地获取无限的力量。

所有跟安泰俄斯摔跤的人最后都被他杀死，他这么做只是为了收集头骨，以便为他的父亲波塞冬建一座神庙。

赫拉克勒斯把安泰俄斯摔倒三次，终于发现了他的秘密。于是，他不再把安泰俄斯摔在地上，而是把他举到空中。安泰俄斯失去了力量的源泉，最后被赫拉克勒斯掐死。

赫拉克勒斯制服巨人安泰俄斯

掐死巨人安泰俄斯以后，赫拉克勒斯又上路了。

有一天在路上，赫拉克勒斯被毒辣辣的太阳烤得忍无可忍，便愤怒地举起他的弓，想对着太阳射上一箭，叫它也吃点苦头。太阳神见势不妙，连忙降临凡间，送给了赫拉克勒斯一个金杯。这个金杯非常神奇，可以装下很多东西，就像大船一样。赫拉克勒斯把他的随从和马匹都装进杯子里，然后以杯作船，渡过大洋，终于抵达了厄里茨阿岛。三头六臂的巨人革律翁和他的红牛群就在这里。

看守牛群的那只双头猎犬发现来了陌生人，狂叫着扑了过来。赫拉克勒斯挥起木棒，一棒就打死了这只恶狗。看守牛群的巨人见狗被打死，跑过来想报仇，也被一棒打死。解决了这两个看守，赫拉克勒斯便赶了牛群，想尽快离开。

可是，巨人革律翁已经得知了消息，从后面追了上来。两人展开了一场激战，打得难舍难分。这时，天后赫拉见巨人革律翁难以取胜，便悄悄赶来想助他一臂之力，灭掉赫拉克勒斯这个眼中钉。谁知赫拉克勒斯可是一点儿也不怕她，他毫不客气地朝着天后就是一箭，正中她的胸部。天后赫拉不敢再逗留，急忙逃走了。

巨人革律翁虽然有三头六臂三个身体，可是他的腹部——三个身体的结合点非常脆弱。赫拉克勒斯发现了这个秘密，朝着他的腹部射了一箭。革律翁中了这致命的一箭，很快倒地死掉了。

赫拉克勒斯赶着牛群凯旋。途中，他经过意卑利亚（后来分裂成西班牙和葡萄牙）和意大利，一路上又谱写了许多惊天动地的英雄事迹。最后，他顺利地回到了希腊。

到现在，赫拉克勒斯花了整整八年时间，完成了十项任务。但是，因为其中两项欧律斯透斯不承认，他不得不再完成两件事。

摘取金苹果

当初，万神之王宙斯跟天后赫拉结婚时，所有的神祇都奉上了礼物。大地之母盖亚也不例外，她送给他们一棵苹果树，树上结满了金苹果。天后赫拉指派夜神的三个女儿——赫斯珀里得斯三姐妹看守栽种金苹果树的果园。

看守金苹果的还有一条名叫拉冬的百头巨龙，它是百妖之父福耳库斯和海怪刻托所生。拉冬从不睡觉，而且它的一百张嘴里总是发出各种不同的声音，走动起来简直是震耳欲聋。

欧律斯透斯让赫拉克勒斯做的第十一件事，就是从赫斯珀里得斯三姐妹那儿摘到金苹果。

赫拉克勒斯再次出发了。可是他并不知道赫斯珀里得斯三姐妹和金苹果在哪里，只能走到哪儿算哪儿，边走边打听。

一开始，他来到帖撒利。那儿有个巨人叫忒耳默罗斯，这家伙脑袋很硬，爱好也怪，就喜欢追逐过往的旅客，用坚硬的脑袋将他们顶死。但是这次他碰到了硬茬子，赫拉克勒斯的脑袋比他更硬，他没能把人家顶死，反倒把自己的脑袋撞得粉碎。

赫拉克勒斯继续前进，来到埃希杜罗斯河畔。在这里他遇到一个怪物，那是战神阿瑞斯的儿子库克诺斯。赫拉克勒斯向他打听赫斯珀里得斯三姐妹和金苹果的事，谁知这怪物不搭理他不说，反而要跟他打架。赫拉克勒斯并不知道他的来历，一不小心竟把他打死了。

这下可惹了祸，战神阿瑞斯怒气冲冲地赶来，要为儿子报仇。赫拉克勒斯可不愿意等死，只好迎战。这回该宙斯为难了，这俩人都是他儿子，都不是善茬儿，要打起来可真不得了。他不愿意看到任何一个儿子流血，只好用一道雷电把他们隔开。

之后，赫拉克勒斯穿过伊利里亚，来到埃利达努斯河畔。这里居住着一群山林水泽女神，赫拉克勒斯向她们打听金苹果的事，女神们告诉他："你可以去找河神涅柔斯，他是预言家，知道一切事情。但是他善于变化，你必须毫无畏惧地抓住他，他才会告诉你答案。"

赫拉克勒斯按照山林水泽女神们的指点，找到了河神涅柔斯，趁他正在睡觉，一把抓住了他。河神被惊醒，但是并不惊慌，一眨眼，他就变成了一条目露凶光的毒蛇。赫拉克勒斯心里早有准备，就是不松手。河神继续变化，一会儿变成一段枯枝，一会儿变成一头狰狞的狮子。赫拉克勒斯丝毫不为所动，手越抓越紧。河神技穷，只好老老实实地告诉赫拉克勒斯，金苹果的来历是什么样的，如何才能找到它，等等。

要找到金苹果，必须穿过利比亚和埃及。当时，统治埃及的是海神波塞冬的儿子波席列斯。赫拉克勒斯经过那里的时候，当地已经连续干旱了九年。一个预言家说，只有每年给宙斯献祭一个外乡人，土地才会重新变得肥沃。为了感谢他的预言，波席列斯国王让他当了第一个祭品。

后来，野蛮的波席列斯国王竟对杀人献祭这事儿产生了浓厚的兴趣，以致经过埃及的外乡人全被杀害。赫拉克勒斯也被抓了起来，被士兵押送到宙斯的神庙前。当波席列斯国王带着儿子和祭司出现时，赫拉克勒斯挣脱了绳子，把这个残暴的家伙连同他的儿子和祭司统统杀掉了。

接下来，赫拉克勒斯在高加索山的悬崖上解救了受罚的普罗米修斯，又顺着普罗米修斯指点的方向，来到擎天神阿特拉斯托举苍天的地方。阿特拉斯属于古老的泰坦神族，在当年的诸神之战中，泰坦神族落败，阿特拉斯被宙斯发落到这里来支撑苍天。赫斯珀里得斯三姐妹看守的金苹果园就在这附近。

普罗米修斯给赫拉克勒斯提了一个建议，不要亲自去摘金苹果，而是请擎天神阿特拉斯去做这件事。

但是阿特拉斯随时背负着苍天，怎么去摘金苹果呢？赫拉克勒斯就跟他商量："你整天扛着天也挺累的，我帮你扛一会儿，你去帮我摘几个金苹果，怎么样？"阿特拉斯正巴不得有人替他背负青天呢，爽快地答应了。

于是，阿特拉斯将扛着的天空交给了赫拉克勒斯。在交接的一刹那，整个天空都震动了一下，当然，人们绝对想不到会是这个原因。阿特拉斯一身轻松地朝金苹果园走去，到了那儿，他挥刀杀死巨龙，摘了三个金苹果，高高兴兴地回来了。

不过，阿特拉斯心里另有小算盘，他对赫拉克勒斯说："我扛了这么久的天，受够了这种滋味，感谢你让我体会到了一身轻松的感觉，这天我是不愿意再扛了，你好人做到底，就替我扛吧！至于这金苹果，我会替你送回去交差的。"说完，他转身就走。

赫拉克勒斯心里一急，身子摇晃了几下，晃掉了几颗小星星。这时，他想起普罗米修斯给他出的主意，于是连忙叫道："喂，你等一下，再帮我一个忙，我想找一块软布垫在头上，否则，苍天都快要把我的脑袋压破了！"阿特拉斯毕竟还是太实在了，觉得这个忙应该帮，就同意再扛一会儿天，让赫拉克勒斯去找软布。可是没想到，他一接过重担，赫拉克勒斯就从草地上拾起金苹果，飞快地跑开了。

赫拉克勒斯把金苹果带回去交给了国王欧律斯透斯。国王本就不是真想要金苹果，而是想要赫拉克勒斯在寻找金苹果时送命。这次赫拉克勒斯又活着回来了，他非常懊恼。至于金苹果，他只看了一眼就把它们送给了赫拉克勒斯。

赫拉克勒斯把金苹果供在智慧女神雅典娜的神庙中，雅典娜又把它们送回原来的地方。几个金苹果就这么转了一圈，物归原主。

带回地狱恶狗

欧律斯透斯一次次给赫拉克勒斯布置危险的任务，可是不仅没能除掉他，反而让他的名声越来越响亮。很多人对赫拉克勒斯感恩戴德，因为他为人们除了很多祸害。现在，欧律斯透斯只剩下最后一个任务可以派给赫拉克勒斯了。他想了很久，终于想出了一个几乎无法完成的任务——把冥王哈德斯的看门恶狗刻耳柏洛斯带回来。

恶狗刻耳柏洛斯有三个头，嘴里随时滴着毒涎，身后长着一条龙尾。最可怕的是它的毛，那根本不是毛，而是缠绕在一起的条条毒蛇。且不说这恶狗有多可怕，先想想恐怖的冥界，地狱之门进去容易，想出来可就难了！

赫拉克勒斯领了这第十二项任务，开始认真做准备。

他首先来到阿提喀的厄琉西斯城，这里的祭司非常了解冥界。赫拉克勒斯在这里对他杀害半人半马的肯陶洛斯人的罪孽进行了忏悔，然后又向祭司奥宇莫尔珀斯请教冥界的秘密。了解了那里的一切之后，赫拉克勒斯对那个阴暗的地方不再恐惧了。

接着，赫拉克勒斯来到伯罗奔尼撒半岛南端的忒那隆城，通往冥界的入口——地狱之门就在这里。神的使者赫耳墨斯也负责接引鬼魂，在他的带领下，赫拉克勒斯顺利进入冥界，来到冥王哈德斯的都城。在城门前，他们看到许多鬼魂在那儿转悠，鬼魂一见到人，立即吓得四处躲闪。

赫拉克勒斯还看到了被珀耳修斯杀掉的蛇发女妖美杜莎的灵魂。美杜莎的灵魂并不怕人，站在那里挡住了去路。赫拉克勒斯挥剑想要把她赶走，赫耳墨斯却抓住他的胳膊，说灵魂只不过是虚无的影子，剑是砍不伤的。

这时，两人走到城门口。赫拉克勒斯向四周扫视一眼，忍不住惊叫起来——你猜他看到什么？他居然在冥界邂逅了他的老朋友忒修斯和庇里托俄斯！

原来，忒修斯和庇里托俄斯来冥界，是想抢一个美女回去给庇里托俄斯当妻子的。他俩竟把主意打到了冥后珀耳塞福涅头上，岂不知，冥后珀耳塞福涅当初也是冥王强抢回来的，他岂能容忍别人再上演一回抢新娘的大戏？于是，当两人来到冥界，刚坐在石头上准备休息一下时，冥王哈德斯就把他们永久禁锢在石头上了。要是没人搭救，说不定他俩要在石头上一直坐下去。

两人看到老朋友赫拉克勒斯，急忙向他呼救。赫拉克勒斯抓住忒修斯的手，一把把他拉了起来。当他还想去拉庇里托俄斯时，脚下的土地突然剧烈地震动起来，他们只好丢下庇里托俄斯，赶紧往前走。

赫拉克勒斯的到来惊动了冥王，他亲自驾车来到城门口阻拦。赫拉克勒斯连天后赫拉都不怕，又岂会将冥王放在眼里，他挽弓搭箭，朝着冥王就是一箭。这一箭正中冥王的肩膀，向来阴森可怕的冥王顾不得形象，痛得像凡人一样哇哇大叫。

吃了这个苦头，冥王不敢再小瞧赫拉克勒斯了。所以当赫拉克勒斯提出，要将地狱恶狗刻耳柏洛斯带到人间走一趟时，冥王纵然不情愿，也还是答应了。只是他提出了一个条件：让赫拉克勒斯亲自去抓恶狗，而且不能使用武器。

赫拉克勒斯穿好护甲，披上狮皮，去寻找恶狗了。在冥河河口的地狱入口处，他看到那只三头恶狗。这只狗负责看守入口，只准人进入，不准人出来。见到赫拉克勒斯，它昂起三个头，狂吠起来。赫拉克勒斯跳过去，用双腿夹住狗头，使劲掐住它的脖子。恶狗扬起尾巴，像一条鞭子一样，想要抽打赫拉克勒斯。赫拉克勒斯仍紧紧地卡住狗的脖子，终于把它制服。

赫拉克勒斯带着恶狗回到人间，恶狗嘴里的毒涎滴到地上，地上就长出了剧毒的乌头草。赫拉克勒斯用铁链套住恶狗，把它交给欧律斯透斯。

欧律斯透斯见赫拉克勒斯到地狱走了一遭，居然都能毫发无损，吓得脸都白了。他终于知道了，自己是不可能除掉赫拉克勒斯的，只好遵从命运的安排，不再为难赫拉克勒斯。

赫拉克勒斯把地狱恶狗送回冥界，交还给它的主人。

自此，他经过种种磨难，排除无数艰险，终于完成了国王欧律斯透斯的任务，获得了自由。

三、征讨拉俄墨冬和奥革阿斯

恢复自由以后，赫拉克勒斯决定出兵特洛伊，征讨那个残暴贪婪狡诈的国王拉俄墨冬。

当初他冒险从海怪嘴边救出拉俄墨冬的女儿，拉俄墨冬原本承诺送给他一对神马作为报酬，结果却食言了。赫拉克勒斯对此一直耿耿于怀。

赫拉克勒斯组建了一支船队，带着一批战士，邀请了希腊著名的英雄，如珀琉斯、忒拉蒙和俄琉斯等，出海前往特洛伊，去讨伐拉俄墨冬。

不久，船队在特洛伊港口登陆。赫拉克勒斯把看守船只的任务交给俄琉斯，自己率领队伍向特洛伊城进发。不料拉俄墨冬率军偷袭了船队，尽管留守的人将拉俄墨冬打退，但俄琉斯还是在混战中丢了性命。

拉俄墨冬偷袭不成，只好退回特洛伊城。随即，赫拉克勒斯的队伍包围了特洛伊城。

围城不久，忒拉蒙率先攻破城池，一马当先冲进特洛伊城。赫拉克勒斯紧跟在他后面，也冲了进去。以前，在战斗中赫拉克勒斯总是冲在最前面，这回他第一次被别人抢了先。赫拉克勒斯又急又气，心中莫名生出一股妒火。

看着冲在前面的忒拉蒙，赫拉克勒斯鬼使神差地拔出宝剑。这时，忒拉蒙听到身后的动静，回头一看，一下子就猜到了赫拉克勒斯的心思。忒拉蒙也是个聪明人，他连忙停住脚步，弯下腰，把旁边的砖石收拢成一堆。

赫拉克勒斯不禁大为奇怪，问他这是干什么。忒拉蒙回答说："我要在这里为胜利者——我的朋友赫拉克勒斯建造一座纪念碑！"

这话让赫拉克勒斯大感意外，又十分惭愧，他连忙向好朋友道歉。两人冰释前嫌，继续并肩战斗。

很快，希腊英雄们攻占了特洛伊城。拉俄墨冬和他的几个儿子在战斗中被赫拉克勒斯射死，他女儿赫西俄涅和另外一个儿子波达尔克斯逃过一劫，成了赫拉克勒斯的俘虏。赫拉克勒斯把赫西俄涅送给了忒拉蒙，并允许她在俘虏中挑一个人当仆人。

赫西俄涅挑选了她的弟弟波达尔克斯。"好吧，他自由了。"赫拉克勒斯说，"不过，我不能这么轻易放过他，我要把他当奴隶卖掉，你可以用一笔钱把他赎回去，这样我们就两清了！"

于是，这个可怜的孩子被当作奴隶带到了奴隶市场，赫西俄涅从头上取下一件首饰作为赎金，把她弟弟买了下来。从此，这个孩子就被称为普里阿摩斯，意思是买来的人。后来普里阿摩斯成为特洛伊国王，在后来那场著名的特洛伊战争中，希腊人再次攻破特洛伊城，普里阿摩斯被阿喀琉斯的儿子杀死。

赫拉克勒斯大胜而归，可是天后赫拉一直对他怀恨在心，于是便在他们返航时，在海面上吹起了狂风，一时间天昏地暗，日月无光，巨浪滔天。眼见船队就要倾覆在海里，宙斯坐不住了，出手平息了风暴。

这一回，宙斯对赫拉可真是忍无可忍了，他暴怒着把赫拉捆了起来，将她吊在奥林波斯圣山上，一直吊了很久才释放。

接下来，赫拉克勒斯决定前去讨伐伊利斯国王奥革阿斯。

当初他为奥革阿斯清扫了牛棚，可是奥革阿斯却食言而肥，不仅拒绝给他应得的奖赏，反而把他驱逐出境。

赫拉克勒斯率兵攻占了伊利斯王国都城，把国王奥革阿斯和他的儿子全部杀死。然后，他把王国送给菲洛宇斯——他也是奥革阿斯的儿子，当初因为替赫拉克勒斯作证，而被国王奥革阿斯放逐。

之后，赫拉克勒斯恢复了奥林匹克运动会。奥运会吸引了各界人士参加，连万神之王宙斯也变作凡人的模样前来参赛。可是，在与赫拉克勒斯角斗时，宙斯常常输给自己的儿子。尽管如此，他还是非常开心。

四、赫拉克勒斯之死

赫拉克勒斯快意恩仇，有恩必还，有仇必报，一直四处征战。

后来，他听说埃托利亚和卡吕冬国王俄纽斯的女儿得伊阿尼拉长得非常美丽，便慕名前去求婚。

得伊阿尼拉确实有着惊人的美貌，因此引得无数人找上门来。其中最难缠的一个求婚者，是河神阿刻罗俄斯。他是希腊境内最大的河流阿刻罗俄斯河的守护神，可是他长得奇丑无比，令人胆寒。

一开始，他变成一头公牛前来，后来又变成一条尾巴闪着光的巨龙，还有一次他变成一个牛头人身的怪物，乱蓬蓬的下巴下面还挂着一道瀑布。这样雷人的造型，姑娘如何不害怕？可他是河神，是神祇的子孙，身份高贵，得伊阿尼拉除了屈服，似乎只有一死才能逃脱悲惨的命运。

正在这时，赫拉克勒斯慕名来到了卡吕冬。

对于国王俄纽斯来说，这两个有力的竞争者，一个是当地的河神，一个是有名的英雄，他谁都不敢得罪，只好宣布两人可以通过决斗解决问题，谁取得了胜利，他就把女儿许配给谁。

一开始，赫拉克勒斯并没有动手，而是把自己的种种英雄事迹讲了一遍，当然，他也没忘把自己是宙斯的儿子这事吹嘘了一下。他想着先报上名号，也许对方就会自动放弃。谁知，河神本来觉得自己已经十拿九稳能够抱得美人归，现在突然冒出来个搅局的，非常生气。他根本没把赫拉克勒斯那些事放在眼里，气势汹汹地说：“你一个凡人，居然也敢跟我这个神祇争，真是不自量力！”说着，劈头盖脸就是一顿臭骂。

赫拉克勒斯本想着先礼后兵呢，人家根本不给他机会。这下他可真是怒了：“我的手比我的舌头好使，逞口舌之能算不得英雄，咱们就手底下见真章吧！”说完，他便向河神扑过去。

河神身躯庞大，动作迟缓，吃了不少拳头。可他也得亏皮糙肉厚，赫拉克勒斯一时也奈何不了他。最后，赫拉克勒斯瞅了个机会，抓住河神头上的角，猛地一摔，把他扳倒在地。河神见使蛮力不是赫拉克勒斯的对手，便发挥他的神通，突然变作一条长蛇，嗞嗞地吐着芯子朝赫拉克勒斯冲过去。

赫拉克勒斯不由得笑了：“我还在摇篮里时，就把毒蛇当玩具玩，九头蛇妖也是死在我的手里，你变成蛇岂不是找死？”说着抢上一步，一把抓住蛇的脖子。河神被他掐得头昏眼花，只好使出最后一招，变成了一头公牛。赫拉克勒斯岂能轻易放过他？他抓住一只牛角，用力一掰，可怜的河神只觉得头上一阵剧痛，一只牛角已断成两截。河神知道这回是真的碰上对手了，只得认输求饶。

就这样，赫拉克勒斯取得了胜利，如愿娶了得伊阿尼拉。

可是，结婚并没有让他过上安宁的生活。因为无意中发生的一件事，他不得不再次浪迹天涯。

事情说起来很简单。有一次，国王俄纽斯设宴招待贵宾，有一个叫奥宇诺摩斯的侍童正在倒水，赫拉克勒斯没注意到他，胳膊肘往后杵了一下，竟撞到侍童身上，把他给撞死了。这真是成也劲大，败也劲大。侍童的父亲知道赫拉克勒斯并非有意，原谅了他。但赫拉克勒斯心里过意不去，自愿根据当时的法律，把自己流放出国。

赫拉克勒斯带着他年轻的妻子和他的小儿子许罗斯，准备投奔他的朋友特拉奇斯国王刻宇克斯。

途中，他们要经过一条叫奥宇埃诺斯的大河。这条河非常宽，河水湍急，所以，一个叫涅索斯的半人半马的肯陶洛斯人，就守在河边帮人渡河。如果有人需要过河，他就把人放在背上，驮着游过河去，然后收取渡河费用，以此为生。

赫拉克勒斯当然不用别人帮忙，但是他妻子和儿子却需要帮助。于是他跟涅索斯商量好，由涅索斯帮忙把得伊阿尼拉和他儿子许罗斯驮到对岸，他自己泅水过去。

赫拉克勒斯把弓往对岸一扔，然后跳入水中，向对岸游去。哪知他刚上到岸上，就听到得伊阿尼拉惊叫起来。

原来，涅索斯见得伊阿尼拉年轻漂亮，被她迷住了，渡河渡到一半的时候，竟用手在她身上乱摸起来。赫拉克勒斯瞧得真切，不由得心头火起，朝涅索斯吼道："你这半人半马的怪物，休得无礼，小心我一箭射死你！"

涅索斯听他这么一吼，竟掉转头，驮着得伊阿尼拉朝反方向飞逃而去。赫拉克勒斯气得牙痒，挽弓搭箭，朝着涅索斯就是一箭。这一箭力大无比，竟把他给射了个对穿。涅索斯挣扎着游上岸，倒在了地上。看着伤口里汩汩流出的血，他恶毒地笑了笑，喃喃自语道："就是死了，我也要报这个仇！"

说着，他拔出身上的箭，对得伊阿尼拉说："你看，我马上就要死了，你是我渡过的最后一个人，就拜托你帮忙掩埋一下我的尸体。作为报答，你可以接一小杯我的鲜血，把它做成血膏，它有神奇的作用——如果哪一天你发现你的丈夫移情别恋了，把血膏涂在他的衣服里，他只要穿上这件衣服，对你的爱就会回复如初！"

涅索斯说完这些话就死了。得伊阿尼拉虽然非常讨厌这个半人半马的家伙，对他的话却半信半疑，于是悄悄地接了一杯血藏了起来。她不知道，赫拉克勒斯的箭上沾了九头蛇妖的毒血，涅索斯中了一箭，血液也变得剧毒无比。

悲剧的种子就此埋下了。

渡过奥宇埃诺斯河后，赫拉克勒斯带着妻儿一路历险，终于到达特拉奇斯。刻宇克斯热情接待了他们，并让他们安顿下来。可是，热爱冒险的赫拉克勒斯怎么能待得住呢？他决定去讨伐俄卡利亚国王欧律托斯。

欧律托斯在赫拉克勒斯童年时，曾教过他射箭。后来欧律托斯宣称，凡是射箭能胜过他和他儿子的人，可以娶他女儿伊俄勒为妻。赫拉克勒斯兴冲冲地去参加比赛，不仅胜过了老师的儿子，还胜过了他的老师。可是，欧律托斯却对喜欢冒险的赫拉克勒斯不放心，不愿意把女儿嫁给他。后来欧律托斯又诬蔑赫拉克勒斯偷了他的牛，可把赫拉克勒斯气得够呛。现在有时间了，他立即就想到要去讨一个说法。

赫拉克勒斯组织了一支军队，攻破俄卡利亚，杀死了国王欧律托斯和他的三个儿子，俘虏了年轻美貌的伊俄勒。

战事结束，赫拉克勒斯决定在当地修建一座宙斯的神庙，以便祭拜他的父亲，感谢他对自己的庇佑。他让他的随从利卡斯带着俘虏先回特拉奇斯，向得伊阿尼拉报告他获胜的消息，免得她担心。

自从赫拉克勒斯率军出征，得伊阿尼拉就一直担惊受怕。眼看当初约定的日子已经过了，赫拉克勒斯还没有回来，得伊阿尼拉未免焦急。这一天，她正在发愁，一个侍者飞奔进来，报告说："夫人，您的丈夫大获全胜，很快就会回来了！现在，他的随从利卡斯正在城外宣布获胜的消息。赫拉克勒斯据说要过几天才能回来，因为他要在那里建一座神庙，向宙斯献祭。"

正说着，利卡斯带着一群俘虏回来了。他让俘虏们跪在得伊阿尼拉面前，对她说："尊敬的夫人，英勇的赫拉克勒斯大获全胜，攻破了俄卡利亚，抓获了一批俘虏，他拜托您善待这些俘虏，尤其是这位跪在您脚下的姑娘。他献祭完就会赶回来。"

得伊阿尼拉同情地看着这些俘虏，她把那个年轻的姑娘扶起来，问道："可怜的人，你叫什么名字呢，一定出身高贵的家庭吧?"年轻的姑娘叹了一口气，沉默不语。得伊阿尼拉扭头问利卡斯："利卡斯，告诉我，这个年轻姑娘是谁?"

利卡斯低下头，眼神躲躲闪闪："我怎么知道呢?当然，看样子……她绝不会是小户人家的女儿……"

得伊阿尼拉心中一动，知道利卡斯肯定隐瞒了什么事情，便不再问，让他把俘虏带下去妥善安置。

利卡斯前脚刚走，先前那个报信的侍者走过来，悄悄对女主人说："夫人，不要相信利卡斯的话，他当然知道那个女人是谁！他曾亲口说过，赫拉克勒斯是为了那个女人才去讨伐俄卡利亚的。她叫伊俄勒，是俄卡利亚国王的女儿，赫拉克勒斯在认识您以前，曾经想娶她做妻子的。看来，她这次来可不只是想当个女佣的……"

得伊阿尼拉听了这话，一时五内俱焚。可她马上又镇定下来，她想起了半人半马的肯陶洛斯人涅索斯的话。当初，她按照涅索斯临死前告诉她的方法，把他的一杯血制成了血膏，藏在阳光照不到的地方。她一度忘了它的存在，但现在，她需要动用它了。她要用这种魔药，来唤回赫拉克勒斯的爱。

得伊阿尼拉悄悄钻进一间小房间，取出血膏，用羊毛蘸着将它涂在一件华丽的衣服里面。然后，她把衣服叠起来，锁进一只小箱子。

做完这一切，得伊阿尼拉把利卡斯叫来，吩咐他说："请把这件衣服带给赫拉克勒斯，这是我亲手给他缝的，除了他之外，谁也不能穿这件衣服。还有，在穿这件衣服之前，千万不要打开箱子，不要把它放在火边烤或太阳底下晒，请务必留意！"

利卡斯按照女主人的吩咐，带着小箱子出发了。

过了几天，得伊阿尼拉偶然看到她涂血膏用的羊毛。当时她随手把羊毛丢在了地上，可是现在，沾了血膏的羊毛在太阳下已化为灰烬。得伊阿尼拉不禁大吃一惊，猛然意识到她干了一件最愚蠢的事情。

半人半马的涅索斯如果泉下有知，一定会得意于自己的计谋。欧律斯透斯国王费尽心机想出十二项任务，也没能除掉赫拉克勒斯。而他轻描淡写的几句话，居然胜过千军万马，轻易就把赫拉克勒斯送上了绝路。

那一天，赫拉克勒斯正忙着宰杀公牛，准备献祭给宙斯。这时利卡斯带来了那件衣服。赫拉克勒斯很喜欢夫人送给他的礼物，马上就把它穿上了。一开始什么事都没有，赫拉克勒斯连着宰杀了十二头公牛，可是献祭开始时，他有点不对劲了，身上冒出了豆大的汗珠，身体也在一阵阵颤抖。

赫拉克勒斯感觉衣服就像一条条毒蛇，在恶狠狠地撕咬着他的肌肤。他大声呼喊着叫来利卡斯，问他衣服是哪儿来的。无辜的利卡斯根本不知道发生了什么事，刚说了一句“是夫人让送来的”，就被暴怒的赫拉克勒斯拎起来摔死在岩石上。赫拉克勒斯在地上痛苦地打着滚，号叫着，咒骂着妻子得伊阿尼拉。然后他又突然跳起来，喊道：“如果你们同情我的话，就赶快把我送回去，我不能客死异乡！”

得伊阿尼拉没有等到赫拉克勒斯回来，她向几个仆人讲了涅索斯送给她爱情魔药的事，然后一个人回到卧室，躺在丈夫的床上，把一把利剑插进了自己的胸膛。

赫拉克勒斯被送了回来，他已经被蛇妖的毒血折磨得痛不欲生。他大声呼唤着儿子许罗斯：“儿子，儿子，你在哪里呀？赶紧拔出你的宝剑，对准你父亲的胸膛刺下去吧！这样才能解脱你母亲赐予我的痛苦！我的儿子呀，赶快杀了我吧，然后再去惩罚那个恶毒的女人！”说着，他又绝望地看着众人，“没有任何一头野兽，没有任何一个怪物，没有任何一个人能够制服我，没想到最后我却死在一个女人手里……”

当儿子许罗斯把爱情魔药的事告诉他，并且说他母亲已经自尽了的时候，赫拉克勒斯惊呆了，一腔愤怒顿时化为满腹悲痛。

他立即命儿子许罗斯同伊俄勒结婚，然后叫人把自己抬到俄塔山的山顶上，在那里架起了一堆木柴。他挣扎着爬到木柴堆上，命令点火，可是没人敢执行这个命令。最后，他的朋友菲罗克忒忒斯不忍看他受折磨，才上前点了火。赫拉克勒斯为了感谢他，把自己的弓箭送给了他。

木柴刚被点燃，天上就电闪雷鸣，刮起了狂风，柴堆顿时熊熊燃烧起来。当大火熄灭时，朋友们准备收殓赫拉克勒斯的遗骨，可是他们在灰烬中什么也没有找到。

赫拉克勒斯死后，宙斯把他接引到奥林波斯圣山，提升为大力神，并把自己的女儿青春女神赫柏嫁给了他。

第八章　忒修斯的故事

一、寻父历险

忒修斯是雅典国王埃勾斯的儿子。早在伊阿宋出发寻找金羊毛之前二十年，埃勾斯就已经统治雅典了。

早先，埃勾斯并没有儿子，而他的兄弟帕拉斯却有五十个儿子。他的这群侄子们一直虎视眈眈地盯着王位，这让埃勾斯非常有压力。于是，埃勾斯就想背着妻子，悄悄地找个女人给他生个儿子，以便将来继承他的王位。为此，他特地前往特洛曾城，找他的老朋友庇透斯帮忙。

庇透斯是珀罗普斯——就是那个被父亲杀掉做成菜让诸神吃，然后又被命运女神复活，肩膀上少了块肉，后来创立了奥运会的人——的儿子，是特洛曾城的建立者。埃勾斯把自己的心思吐露给庇透斯。巧的是，庇透斯正为一件事情烦恼，原来有一个预言说他的女儿埃特拉不会有一个光明正大的婚姻，却会生下一个了不起的儿子。

埃勾斯想悄悄地娶一个妻子，埃特拉不能光明正大地嫁人，这不是天造地设的一对吗？于是，庇透斯决定把女儿埃特拉嫁给埃勾斯。就这样，埃勾斯与埃特拉在特洛曾城悄悄地结了婚。

埃勾斯在特洛曾城待了几天以后，要回雅典了。临行前，在跟新婚妻子告别时，他把一把宝剑和一双绊鞋压在海边的一块巨石下，说：“如果众神保佑我们，并赐给我们一个儿子，请你悄悄把他抚养大，不要让任何人知道他父亲是谁。等到儿子长大成人，能够搬动这块巨石的时候，你让他取出宝剑和绊鞋当信物，到雅典来找我！”

后来，埃特拉还真生了一个儿子，取名叫忒修斯。为了隐瞒忒修斯的来历，庇透斯对外宣称他是海神波塞冬的儿子。海神波塞冬是特洛曾城的保护神，特洛曾城的标志就是波塞冬手中的三叉戟，因此，特洛曾人对海神波塞冬特别敬重。国王的女儿为王国的保护神生了一个儿子，这是再正常不过的事情了，人们深信不疑。

忒修斯渐渐长大，不仅身体强壮，英武神勇，还沉着机智，聪颖过人。一天，他母亲埃特拉把他带到海边，指着一块岩石，让他搬开它。忒修斯抱住巨石，毫不费劲地把它掀到一旁。然后，他惊讶地发现巨石下放着一把剑和一双鞋子。

埃特拉告诉了儿子他的真实身世，要他取出当年他父亲埃勾斯留下的信物，去雅典寻找父亲。

忒修斯把鞋子穿在脚上，背上宝剑，就准备出发了。

母亲和外祖父强烈建议忒修斯走海路。因为那时候，前往雅典的陆路上到处都有拦路抢劫为非作歹的家伙，这些家伙对外乡人非常残暴。尽管有几个歹人已经被大力士赫拉克勒斯打死了，可是架不住坏人太多，旅途上充满了危险。

忒修斯却不愿意坐船走海路，他说："人们都把我当成海神的儿子，如果我从海上走，就算安全到达又有什么意思呢？人们会觉得那是托了海神的福，不是我的真本事。再说了，如果我的鞋子上没有沾上灰尘，我的宝剑上没有留下血迹，见到了我真正的父亲，我又该跟他说些什么呢？"

这番话说得慷慨激昂，掷地有声，他母亲和外祖父听了，竟无从辩驳。良久，外祖父欣慰地点点头："说得好！看来，我这外孙子确实是一个了不起的人物！"

忒修斯说这话，还真不是说大话，他是决心以赫拉克勒斯为榜样，准备像他一样，也要建立一番英雄事业的。

当年，忒修斯只有五岁的时候，赫拉克勒斯曾前来拜访过他的外祖父庇透斯。用餐时，赫拉克勒斯把披在身上的狮皮解下来放在了一边。其他孩子看到这吓人的狮皮，都是有多远离多远，只有忒修斯一点儿也不怕。他还拎了把斧头，把狮皮当成真狮子，朝它狠狠地劈了几斧头。赫拉克勒斯赞扬他很了不起，是个小英雄，可把他乐坏了。打那以后，忒修斯就期盼着快快长大，也能像赫拉克勒斯一样，出去周游天下，除暴安良，惩恶扬善。

现在，终于有机会去闯荡一下了，他怎么可能老老实实地走海路呢？

忒修斯独自一人上路了。不久，他来到埃比道罗斯。这里有个强盗叫佩里弗特斯，他的武器是一根又粗又长的铁棍，所以人送外号“舞棍手”。“舞棍手”最喜欢做的事情，就是把过路人的钱财抢走，然后用棍子把他们敲成肉饼。

一天，当忒修斯路过一片树林时，“舞棍手”从林子里蹿了出来，挡住去路。忒修斯大喝一声：“来得正好，等你多时了！”说着便冲了过去。两人斗了几个回合，“舞棍手”不是对手，被忒修斯瞅了个空子，一剑砍翻在地。

收拾掉“舞棍手”之后，忒修斯把他的铁棍当作战利品带在身旁，继续赶路。

走到科任托斯时，忒修斯又遇到了另一个恶徒，这家伙叫辛尼斯，人称“扳树贼”。辛尼斯力大无穷，能同时把两棵松树扳弯下来。他向来以折磨人为乐，凡是被他抓到的过往行人，下场都很悲惨。他会先把两棵大树的树梢扳下来，将过路人的两只脚绑在两棵树的树梢上，然后他猛地将树梢放开，树梢迅速弹回去，倒霉的过路人一下子就会被撕成两半。因此，过往行人提到这个“扳树贼”，无不色变。

碰到这样变态的人，忒修斯可不愿放过他。忒修斯挥舞着“舞棍手”的铁棍，几下就把“扳树贼”打倒。然后，他把“扳树贼”的脚绑在两棵大树的树顶，给他来了个“以其人之道还治其人之身”。

“扳树贼”有一个温柔漂亮的女儿，叫珀里吉纳。她见父亲被杀，吓得花容失色，惊慌地藏到灌木丛里，希望能逃过一劫。忒修斯当然不会为难一个女人，他承诺不会伤害她，姑娘才从灌木丛里钻出来。

因为怕有人会报复这个柔弱的姑娘，忒修斯就带着她一起赶路。后来，忒修斯把她嫁给了俄卡利亚国王达埃阿纳宇斯为妻。她感念树丛的救命之恩，从此不再焚烧树林。她的子孙们也都一直谨守着她的诺言。

除了消灭沿途的强盗，忒修斯还像赫拉克勒斯一样，出手制服祸害百姓的凶猛野兽。他听说在克罗米翁有一头凶猛的野猪，名字叫费亚，据说是巨怪堤丰所生。它为害这个地方已经很久了，不知道有多少猎人死在它的手里。忒修斯提上铁棍，一路追踪，找到野猪费亚，三下五除二把它打死。

当地的百姓得知忒修斯为他们除了一害，无不感恩戴德。他们听说忒修斯乃是要前往雅典，便告诉他前面有一个可怕的巨人，需要万分小心。

原来，从这里到墨伽瑞斯，要经过海边的一个狭窄通道。可这窄道上，却盘踞着一个可怕的巨人，名叫斯喀戎，据说是海神波塞冬的儿子。这个巨人凶狠无比，他常常堵住通道抓捕过路人。抓到以后，他就坐在海边的岩石上，命令过路人给他洗脚。洗着洗着，趁人不注意，他便抬起脚，把人家踢到大海里。而在这岩石下的大海里，巨人养着一只巨龟，专等着吃人肉。掉进大海里的人，无一生还。

大家提醒忒修斯换条路走，千万别图近走海边。哪知忒修斯听了，却专挑这条路去走。到了海边，果然遇到巨人，两人一场大战，忒修斯把那家伙打得满地找牙。然后，他学着巨人的样子，坐到海边的岩石上，让巨人给他洗脚。巨人以为忒修斯打算放过他，谁知正洗着，忒修斯飞起一脚，就像他踢那些过路人一样，把他一脚踢进了大海里，喂了他自己饲养的巨龟。

过了这条窄道，忒修斯进入阿提喀地区，来到埃琉西斯城。当地的百姓见到这么一个英俊的少年，都很怜悯他，劝他赶紧悄悄离开，别让他们的国王刻耳库翁看见。刻耳库翁是一个残暴的家伙，仗着自己身强体壮，凡有外地人路过埃琉西斯，必强迫人家跟他角力，如果外地人败了，就会被他杀掉。

忒修斯可不是一个临阵脱逃的人，他不仅没走，反而大摇大摆地来到王宫，主动向刻耳库翁挑战。刻耳库翁虽有一身蛮力，却不是忒修斯的对手，斗不过几个回合，便被忒修斯一把抓住，举到了空中。然后，刻耳库翁便尝到了脑袋被摔裂的滋味。这个在角力场上残害了无数人的家伙，最终自己也死在了角力场上。

埃琉西斯的百姓见忒修斯为他们除去了暴君，非常高兴，他们热情挽留忒修斯，希望能拥戴他为新的国王。可是忒修斯还有更重要的事情要做，他谢绝了大家的好意，继续赶路。不久，忒修斯便遇到了前往雅典途中最后一个，也是最狡诈的恶徒达马斯特斯。

达马斯特斯外号"铁床匪"，他有两张床，一张很长，一张很短。这家伙很会伪装，他平时就在外面闲逛，见到过路的外乡人，便热情地邀请人家到他家做客。要是信了他的话，进了他的门，那就死定了——如果过路的外乡人是个矮个子，他就把人带到很长的床跟前，说："朋友你看，你有点矮了，不太适合这张床啊，还是让我帮帮你吧！"说完，他就把外乡人绑在床上，用力地拉人家的身体，直到断气为止；如果来的是高个子，他就把人带到很短的床跟前，然后说："真对不起啊朋友，这张床太短了，不太适合你，这样吧，我来帮帮你，请躺在床上——"当客人躺到床上时，他就出其不意地把人家的腿砍断，砍得正好跟床一样长。

忒修斯装作一无所知的样子，进了"铁床匪"的屋子。当"铁床匪"虚情假意地要他躺在小床上，转身去拿斧头时，忒修斯跳起来抓住了这个恶徒，把他绑在小床上，用他自己的斧头砍断了他的腿，任他流尽最后一滴血。这个恶徒就这样死在了自己发明的害人的玩意儿上。

这一路，忒修斯除掉了五个恶徒和一头野兽，虽是小试牛刀，但成果非凡。接下来，他顺利地到达了菲索斯河，好心的人们热情接待了他，并按照传统风俗给他洗礼，涤除了他身上沾染的血迹。恢复精力以后，忒修斯告别了这些善良的人，朝着他父亲的王国雅典大踏步走去。

二、破解米诺斯迷宫

忒修斯到了雅典，可是他看到的却是一座混乱的城市。

原来，他的父亲，雅典国王埃勾斯对外无法管束他那五十个侄子，在内又被一个女人迷惑，整天不理政事，以致百事废弛，奸臣当道，权贵横行。百姓钩心斗角，人人自危，互不信任。整个王国一片乌烟瘴气。

迷惑国王的女人是谁呢？就是夺取金羊毛的伊阿宋的遗孀美狄亚。美狄亚杀了她和伊阿宋的两个儿子之后，逃离科任托斯，来到了雅典，利用巫术骗取了国王埃勾斯的宠爱。美狄亚答应用魔药让埃勾斯恢复青春，于是埃勾斯便娶了她做妻子。

忒修斯一到雅典，美狄亚便知道了。她担心忒修斯进宫以后，自己会被赶出王宫，便说忒修斯是个危险的奸细，撺掇埃勾斯把他毒死。埃勾斯根本不知道忒修斯是自己的儿子，被美狄亚的枕边风一吹，还真以为百姓们相互争斗是忒修斯搞的鬼，便同意了美狄亚的计划。

忒修斯被邀请进宫同国王一起吃早餐。他非常希望父亲能够认出他，但显然老国王根本没往那方面想。侍者把装有毒酒的杯子端到了忒修斯面前，美狄亚焦急而又紧张地等待着年轻人一口把它喝掉。但是，忒修斯却把杯子推到一旁，装作要切肉的样子，抽出了他父亲当初压在岩石下的宝剑。

埃勾斯一看到这把熟悉的宝剑，立即就明白了眼前这个年轻人为什么要到雅典来。他一把把忒修斯面前的酒杯打翻在地，问他从哪儿来，母亲叫什么。当那个熟悉的名字从忒修斯嘴里说出来后，他确信面前的年轻人，就是他从上天那里求来的儿子。

埃勾斯张开双臂，老泪纵横地拥抱着儿子。事已至此，美狄亚也没啥可说的了，只好又逃回故乡科尔喀斯。这时候她父亲埃厄忒斯的王位已经被她叔叔篡夺，美狄亚用巫术帮父亲夺回了王位，终于取得了他的谅解。

忒修斯被册封为王子，成了王位的继承人。他叔父帕拉斯的五十个儿子早就觊觎王位，现在这个突然到来的外乡人抢了果子，他们岂不恼恨？于是，他们密谋袭击忒修斯，把他除掉。这五十个家伙拿了武器，设下埋伏，单等忒修斯掉进陷阱。可是他们的传令兵却把这个阴谋透露给了忒修斯，这传令兵也是一个外乡人，他不忍心看到忒修斯被害。

忒修斯得知消息，立即冲到他们的埋伏地点，把他的五十个堂兄弟统统杀死。尽管这是一场因自卫而引发的诛杀，但传出去终归还是会让人说闲话。为了不引起人们的反感，忒修斯决定立即外出，去干一件利在百姓的事——制服马拉松野牛。

这头野牛就是赫拉克勒斯从克里特岛抓来的那头发狂的公牛。赫拉克勒斯把它交给欧律斯透斯之后，欧律斯透斯又把它放掉了，于是它一路流窜，最后到了雅典的马拉松，在这块土地上肆虐横行，危害百姓。忒修斯把野牛抓住，带回雅典，游街示众之后，便把它宰杀献祭给了光明之神阿波罗。

完成了这次冒险之后，忒修斯还没来得及歇息一下，事情又找上门了。

原来，十八年前，克里特国王米诺斯的儿子在阿提喀被人杀害。为了给儿子报仇，米诺斯兴兵前来讨伐。雅典人没有办法，只好答应每九年送七对童男童女到克里特岛作为赎罪的贡品，这才暂时平息了米诺斯的怒火。米诺斯收到童男童女之后，便把他们关进恐怖的克里特迷宫里，再由可怕的半人半牛的怪物米诺陶洛斯把他们吃掉。

现在到了第三次进贡的时间了，雅典的小孩子们中又要挑出七个男孩子和七个女孩子，去接受那可怕而又残酷的命运。一时间，人们怨声载道，指责国王埃勾斯对自己的私生子那么好，让他继承王位，却对百姓家的孩子漠不关心，任人宰割。

怨言传到忒修斯耳中，他既心痛，又对残暴的克里特国王米诺斯十分愤怒。他私下里打定主意，要去为雅典的百姓除了这一害。

到了抽签决定孩子们去留的那天，忒修斯也来到了现场。他对着满城的百姓，慷慨激昂地说："我是国王的儿子，我应该第一个去！现在我自愿成为这十四个孩子中的一个，我倒要看看是那怪物的牙齿硬，还是我的拳头硬！大家请放心，如果要吃，我也会让怪物第一个吃我的！"

百姓们听了他这番话，无不肃然起敬。而国王埃勾斯，听见自己唯一的儿子要以身犯险，一时惊得瘫软在椅子上，半天说不出话来。回到王宫后，国王再三劝说忒修斯改变主意，可忒修斯决心已定。他安慰父亲说，自己不是柔弱的小孩子，而是有着英勇历史的了不起的英雄，并保证一定制服怪物米诺陶洛斯，把孩子们平安带回来。

见儿子铁了心要去冒险，埃勾斯只好叹了口气默许了。在这以前，装着童男童女去克里特岛进贡的船都挂的是黑帆。这次，埃勾斯却把一张白帆交给忒修斯，嘱咐他说："这张白帆你先收着，如果你们平安回来，就把船上的黑帆换成白帆，那样我也能早点知道消息，省得担心。"

年轻的忒修斯带着抽中签的童男童女，登上了前往克里特岛的船。这一路顺水顺风，不一日便抵达克里特岛。

克里特国王米诺斯见雅典王子都亲自来当贡品了，心中非常满意，觉得这已足以为他死去的儿子报仇了。这个冷酷的国王，心中竟然对勇敢的忒修斯产生了一丝怜悯和敬重之情。“你自己要考虑清楚，现在反悔还来得及，”米诺斯警告他说，“你将只身进入迷宫，身上不准带任何武器。每一个走进迷宫的人，都会被米诺陶洛斯撕成碎片。即使你能够逃出它的利爪，也会迷失在迷宫里，永远也不可能走出来。”

忒修斯镇定地回答道：“如果必须如此，那么，就这么办好了！”

这天晚上，忒修斯就要进入迷宫了。能不能战胜怪物米诺陶洛斯，他不知道，但他决定放手一搏。他还不知道的是，就在他跟米诺斯国王对话的时候，他的勇敢和坚毅，竟然深深地打动了一个少女的心。这少女，便是米诺斯国王的女儿阿里阿德涅。她心中产生了一个强烈的念头，她要救这个英俊勇敢的雅典王子。

当忒修斯回到住处的时候，阿里阿德涅偷偷跑出王宫，找到了他。阿里阿德涅告诉忒修斯，她一定会设法救他出迷宫的，不过，那样的话她以后也不能再在克里特待下去了，她希望忒修斯能够带她回雅典。忒修斯被她的这番好意感动了，于是发誓绝不会辜负她，事情办完之后，他会立刻带她回雅典，娶她为妻。

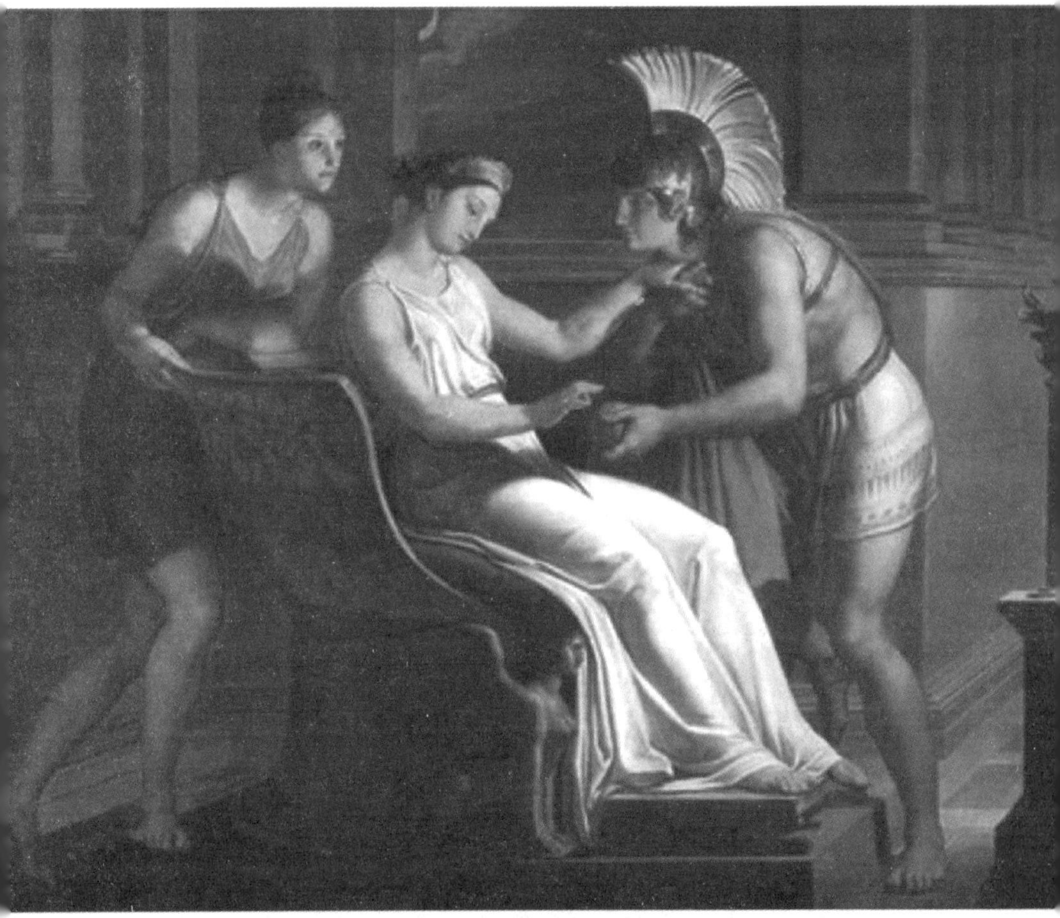

忒修斯得到阿里阿德涅的帮助

聪明的阿里阿德涅想出了一个办法，她给了忒修斯一卷细线，叮嘱他进迷宫的时候，将这卷线的一端拴在门上，线团随身带着，一路走一路将线放开，等制服怪物之后，沿着那根线往回走，便能找到出路。她还给忒修斯一把宝刀，只有这把刀才能杀死米诺陶洛斯。

忒修斯依计而行，进入迷宫杀死了怪物米诺陶洛斯，又顺着地上的线顺利走出迷宫。这段时间，阿里阿德涅已经用烈酒把国王和卫士们都灌醉了。忒修斯出来以后，他们立即来到海边。阿里阿德涅又建议忒修斯把克里特人的船全部凿穿，这样国王就无法追赶他们了。办完这些事，他们上了船，扬起风帆，全速朝雅典驶去。

这一天，大船途经那克索斯岛，忒修斯决定上岛休息一下。哪知当天夜里，忒修斯竟做了一个梦。在梦中，酒神巴克科斯威胁忒修斯说，阿里阿德涅跟他早就订了婚，如果不把阿里阿德涅留下来，他就会给雅典降下灾难。智慧女神雅典娜也劝忒修斯说，阿里阿德涅命中注定是天神的妻子，跟他无缘。

忒修斯从梦中醒来，知道这一切都无法改变了，只好硬起心肠，趁阿里阿德涅熟睡时，带着众人上了船，将她留在这荒寂无人的岛上。

第二天，当可怜的阿里阿德涅醒来时，才发现岛上只剩下自己一个人。海天茫茫，岩石嶙峋，阿里阿德涅又害怕又伤心，无助地哭了起来。正在这时，酒神巴克科斯带着一大队随从逶迤而来。他见了这可怜的姑娘，便跳下车，温存地安慰她，擦去她脸上的泪水。就这样，阿里阿德涅成了酒神的妻子。

忒修斯因为失去了阿里阿德涅，心中十分悲痛，竟忘了他父亲的话，如果平安归来，要把黑帆换成白帆。

埃勾斯国王天天都在盼望着他的儿子能平安回家。每天一有空，他就来到海边最高的山上，不知疲倦地眺望着海面。这一天，当忒修斯的船远远地驶向雅典港口时，埃勾斯第一个看到了它。但船上挂的帆是黑色的！埃勾斯眼前一黑，看来他的儿子是死了。他心中万念俱灰，纵身一跃，跳入大海，溺水而死。后来为了纪念他，这片海就叫作埃勾海（即爱琴海）。

不一会儿，忒修斯带着童男童女登陆了，可是迎接他们的人却是一片悲哀之色。当得知埃勾斯国王投海自尽的消息时，忒修斯顿时晕倒在地上。

三、丧子之痛

忒修斯怀着悲痛的心情安葬了父亲，然后将他们乘坐的那艘船献祭给了光明之神阿波罗。雅典人为纪念这次历险，不停地更换船上的朽木，因此这艘船得以保全下来，许多年以后，人们还能够看到它。

忒修斯成了雅典的新国王。这个年轻人不仅在战斗中是英雄，在治理国家方面也颇有才干，甚至超过了他的榜样赫拉克勒斯。

在此之前，阿提喀的居民大多居住在雅典小城和周围的村庄里，雅典只不过是国王居住的一座城堡而已。忒修斯把整个地区的居民全都集中到城里，把零星的村庄组织起来，建成了一个统一的国家。他并没有使用武力完成这一事业，而是周游各地，亲自游说，征得人们的同意。他还宣布限制国王的权力，制定一部保障自由的宪法，保证所有居民享有同等权利。从此，雅典才发展成为一座真正的城市，被越来越多的人接受、传颂。

忒修斯建立新国家后，把智慧女神雅典娜作为雅典的保护神，同时对海神波塞冬也十分尊崇，他把自己看作是海神特别照顾的宠儿。

此后，忒修斯参加了赫拉克勒斯夺取亚马孙女王腰带的冒险行动。忒修斯看中了美丽的亚马孙女王希波吕忒，便把她带回雅典，同她结了婚，并生了一个儿子，取名为希波吕托斯。可是，好战的亚马孙人对忒修斯拐骗她们女王的行为感到无比愤怒，于是便派出一支船队，前来讨伐雅典人。

这场战争打得异常激烈，亚马孙人一度攻进了雅典城。王后希波吕忒跟丈夫一起抗击亚马孙人，不幸在战斗中被飞来的标枪所伤，不治身亡。为纪念这位亚马孙女子，雅典人在战后为她建立了一根大立柱。后来战争和平解决，双方缔结了和约，亚马孙人离开了雅典。

希波吕忒死后，忒修斯一直未娶。很多年以后，他听说淮德拉已经长成了一个大姑娘，出落得妩媚动人，心中便暗暗留了意。

淮德拉是阿里阿德涅的妹妹。忒修斯当年去克里特岛制服怪物米诺陶洛斯时，得到国王米诺斯的女儿阿里阿德涅的帮助，事成之后，他把阿里阿德涅从克里特岛带走，她的小妹妹淮德拉也跟着一起来了。后来，阿里阿德涅被酒神巴克科斯抢去，淮德拉跟忒修斯来到雅典，一直到父亲去世，她才敢回到故乡克里特。

现在，克里特由淮德拉的哥哥丢卡利翁统治。新国王对忒修斯非常敬佩，于是这两个王国便结成了攻守同盟。当丢卡利翁知道忒修斯对他妹妹淮德拉有意时，非常乐意促成这门亲事。不久，忒修斯便跟淮德拉成了亲。

淮德拉像她姐姐阿里阿德涅一样漂亮，这让忒修斯又找回了青春时的感觉。他们的生活一开始还是很甜蜜的，淮德拉一连生了两个儿子，取名为阿卡玛斯和得摩丰。可是，淮德拉毕竟太年轻了，不知不觉竟犯了婚姻的大忌，喜欢上了一个不该喜欢的人。

我们前面说过，忒修斯跟亚马孙女王希波吕忒有个儿子，叫希波吕托斯。希波吕忒死后，忒修斯把年幼的儿子送到特洛曾，托他母亲埃特拉抚养。在奥林匹斯众神中，有三位著名女神——狩猎女神阿耳忒弥斯、智慧女神雅典娜和宙斯的姐姐赫斯提亚，都发誓要保持处女之身，因此被称为处女神。希波吕托斯长大后，竟效法三位处女神，也发誓要一生保持单身。

要命的是，淮德拉偏偏就喜欢上了希波吕托斯。

淮德拉第一次看到希波吕托斯，是在他回到雅典参加的一个庆典上。希波吕托斯跟他父亲长得实在是太像，简直就是年轻时候的忒修斯。他那挺拔的身姿、俊逸的容貌，一下子勾起了她儿时的记忆，点燃了她心中的烈火。她仿佛又回到了当初，看到了那个让她敬佩让她爱慕的青年英雄。

可是，她也知道这个念头是可耻的，她只能把感情深深地埋藏在心里。希波吕托斯走后，淮德拉在雅典为爱情女神阿佛洛狄忒建了一座神庙，从这里可以远眺特洛曾城。淮德拉总是去那里眺望着大海，心潮随波起伏。

有一次，忒修斯前往特洛曾探望母亲，淮德拉跟他同行。她又一次见到了希波吕托斯，可是，除了拼命压制自己炽烈的心，跑到偏僻无人的地方哀叹一下命运，她还能做什么呢？这一切没能瞒过淮德拉的乳母，在她的旁敲侧击之下，淮德拉吐露了自己的心事。这个无知的老乳母，不忍看王后受煎熬，竟把她隐秘的心事告知了希波吕托斯。

希波吕托斯听到这个消息，又惊又怒，心中充满了厌恶，断然拒绝了后母的非分之想。不仅如此，他甚至觉得听到这样一个罪恶的建议，就是对神明的亵渎。但是父亲外出不在，他也不知道该怎么处理这件事，只好把老乳母轰走，自己跑到野外去打猎，心想等到父亲回来，再把事情告诉他。

淮德拉遭到无情的拒绝，心灰意冷。失望之下，她心里蹿起了一股怨恨的火苗。

当忒修斯兴冲冲地赶回来后，迎接他的是一具冰冷的尸体。他的妻子淮德拉上吊自尽了，她手里还拿着一封遗书，上面写道："希波吕托斯玷污了我，我不愿对丈夫不忠，唯有一死了之。"

忒修斯呆呆地看着遗书，气得发抖。突然，他跪倒在地上，伸开双臂仰望着苍天，声泪俱下地祈求道："我尊敬的父亲波塞冬，您曾答应可以满足我三个愿望，现在我只需要一个愿望，请求您马上实现——让我那卑鄙的儿子今天就灭亡吧！"

他的话刚说完，希波吕托斯打猎回来了。他听到父亲的诅咒，平静地说："父亲，我没有做过任何坏事，我问心无愧。"忒修斯把遗书甩到他脸上，骂道："你还敢说问心无愧，难道她宁愿赔上自己的性命也要诬陷你吗？"

希波吕托斯知道，现在说什么也没用了，只好流着泪，默默地离开了。

当天晚上，忒修斯正在暗自神伤的时候，一个送信的人匆匆跑进来报告说："您儿子希波吕托斯出事了！"忒修斯冷笑着说："他玷污别的女人，因此被仇人杀了，是吗？"送信人摇摇头："不，是他的马车出事了。"

忒修斯一怔，问道："告诉我，他是怎样死的？"

来人说：“当时，我们几个仆人正在河边刷马，主人希波吕托斯走过来，吩咐我们立即套上马车。他向天祷告说：‘万能的宙斯，如果你觉得我真是一个坏人，就请把我毁灭掉吧！但是，不管怎样，请让我的父亲知道，他对我的斥责是没有道理的！’说完，他跳上马车，朝海边狂奔而去。我们紧跟在后面，远远地，只看见海面上升起一股排山倒海般的巨浪，朝着马车拍去。马匹受惊，带着马车撞上岩石，主人一头栽了下来……”

忒修斯怔了半晌，迟疑地说：“难道他真有什么冤屈不成？但愿他还活着，我能亲自问问他……”他还想要说什么，一个老妇人推开侍卫哭喊着冲了进来，跪倒在忒修斯的脚下。淮德拉的乳母，这场悲剧的始作俑者，听说希波吕托斯出事的消息，良心深受折磨，不敢再隐瞒，向忒修斯坦白了一切。

这时，希波吕托斯躺在担架上被人抬了进来。他浑身伤痕累累，只剩一口气在。可怜的忒修斯，后悔而又绝望地扑在儿子的身上。希波吕托斯奄奄一息地问道：“父亲，你现在相信我是无辜的吗？”忒修斯含泪点着头，希波吕托斯这才欣慰一笑，拼尽力气说道：“可怜的父亲，我原谅你！”说完，头一歪就死了。

忒修斯把儿子埋葬在桃金娘树下。淮德拉也葬在这里，在这棵树下，她曾沉溺在爱情中不能自拔。忒修斯让桃金娘树陪着她，是无奈、悲悯，还是宽恕？

没有人知道。

四、英雄末路

忒修斯威名远播，激起了一位年轻的英雄庇里托俄斯的好胜之心。

庇里托俄斯很想跟忒修斯一较高下，于是故意偷走忒修斯的几头牛，希望能够激怒他，两人可以好好打一架。当他听说忒修斯追了出来时，非常高兴，就把牛丢在一边，摆好架势，等着忒修斯到来。

可是谁也没想到，当忒修斯怒气冲冲地追过来时，两个人一打照面，居然都被对方的风采倾倒，竟起了惺惺相惜之意。两个英雄不约而同地把手中的武器扔到地上，然后伸出手，朝对方奔了过来。

庇里托俄斯握住忒修斯的手，就偷牛的事请求他原谅。忒修斯眼中闪烁着欣喜的光芒，回答说："不，我当然不会原谅你——除非，你可以做我的朋友和战友！"

两个人大笑着拥抱在一起，相互立誓，会永远忠于友谊。

不久，庇里托俄斯与拉庇泰人希波达弥亚结婚，忒修斯应邀参加了婚礼。庇里托俄斯的亲戚——半人半马的肯陶洛斯人也来了。为什么半人半马的肯陶洛斯人会是庇里托俄斯的亲戚呢？这都是庇里托俄斯的父亲伊克西翁闹的。

伊克西翁原本是色萨利国王，他看中了邻邦的公主，答应送一大笔彩礼给邻邦的国王，把公主给娶了过来。可是，当他的岳父来要彩礼时，他竟残忍地把岳父推到火堆里烧死了。人们被他的罪行激怒了，把他赶出了色萨利。伊克西翁走投无路，逃到宙斯那里。宙斯原谅了他，让他待在奥林波斯圣山。不料，这个色胆包天的家伙，竟对天后赫拉产生了非分之想。有一天，宙斯采了一片云变作赫拉的样子，伊克西翁不知是假，居然污辱了她，生下了那些半人半马的肯陶洛斯人。因此，肯陶洛斯人也被称为“云雾子孙”。宙斯得知后异常愤怒，把伊克西翁打入地狱，绑在一个不停转动的火轮上，接受永世的惩罚。

婚礼喜庆地进行着，大家饮酒聊天，好不自在。这时，一个叫欧律提翁的肯陶洛斯人，因为喝多了酒，竟然冒出了一个荒唐的想法——把美丽的新娘希波达弥亚给抢走！这个野蛮的家伙，说做就做，一把抓住希波达弥亚的头发，拖着就走。宾客们被这突然的变故惊得呆了，一时没回过神来。其他一些喝得醉醺醺的肯陶洛斯人，见状一哄而起，也去抢女人，不管是侍女还是来的女客人，抓住一个往背上一扛就跑。一时间，大殿里惊叫声和呼喊声响成一片，喜宴完全乱了套。

“欧律提翁，你疯了吗？”忒修斯吼道，“你竟敢当着我的面侮辱庇里托俄斯！”说着，他顺手抓起一个铜壶，朝欧律提翁砸了过去。欧律提翁躲闪不及，被打倒在地，头上鲜血直流。这时，庇里托俄斯也加入战团，两位英雄一个使棍，一个使长矛，左冲右突，把闹事的肯陶洛斯人杀得人仰马翻。最终，肯陶洛斯人丢下几具尸体，惶惶逃走，庇里托俄斯夺回了他的新娘。

由于这次共同的战斗，忒修斯和庇里托俄斯的情谊更加坚固了。

庇里托俄斯婚后不久，他的妻子希波达弥亚就死了。忒修斯现在也是独居，他虽然已不再年轻了，但是冒险的欲望却一直未曾削减半分。两个英雄一商量，决定一起出去冒一次险——各自为自己抢个妻子。

那时有一个姑娘美名远扬，她就是后来闻名于世的海伦。海伦的母亲是斯巴达王后勒达，她的父亲却不是斯巴达国王，而是万神之王宙斯。宙斯被勒达的容貌迷住，趁她在河中洗澡时化作天鹅与她亲近。勒达因此怀孕，生下了美人海伦。

忒修斯和庇里托俄斯的第一个目标便是海伦。

他俩长途跋涉，来到斯巴达。当他们在狩猎女神阿耳忒弥斯神庙里看见正在跳舞的海伦时，都深深地被她迷住了。于是，这两个胆大包天的家伙二话没说，闯进神庙，像当初在庇里托俄斯的喜宴上抢新娘的肯陶洛斯人一样，把海伦——这时她还是个小女孩，往肩上一扛，夺路便走。

两人把海伦带到亚加狄亚的特格阿，决定在这里抽签确定海伦的归属。他们事先商定，得到海伦的人，要帮另一个人再去抢一个美女。结果，忒修斯抽中了签，得到了海伦。他把海伦带回去交给他的母亲埃特拉照料，然后，又跟着他的朋友上路了。

他们计划着来一场更惊人的冒险——去冥界抢走冥王哈德斯妻子珀耳塞福涅！

可是，这一回就没那么顺利了。他们刚一到冥界，就被冥王得知了消息。冥王非常生气。当他俩来到冥界都城门口，坐在石头上休息时，冥王出手禁锢了他们。从此，他俩就一直坐在城门前的石头上。

后来，赫拉克勒斯因为要完成第十二项任务——带回地狱恶狗，而来到冥界。在那里，赫拉克勒斯碰到了他俩。他本想把他们都救出来，结果却只救出了忒修斯。庇里托俄斯因此永远留在了地狱。

当忒修斯被禁锢在冥界时，海伦的两个哥哥——卡斯托耳和波吕丢刻斯，带兵来到雅典，要求雅典人归还海伦。有一个叫阿卡特摩斯的雅典人向海伦的哥哥们透露，海伦并不在雅典，而是被忒修斯藏在阿弗得纳城。两兄弟立即率军攻陷该城，带走了海伦，并把忒修斯的母亲埃特拉掠走，带到斯巴达为奴。

不仅如此，两兄弟还扶植了忒修斯的堂兄弟梅纳斯透斯，让他自立为人民领袖。在梅纳斯透斯的蛊惑下，雅典城里的贵族和平民们都认为，忒修斯让他们从乡村迁移到城市，实际上是想奴役他们。再加上抢海伦遭到报复这件事，人们对忒修斯的不满情绪日益高涨。他们曾经那么崇敬忒修斯，现在却倒向了梅纳斯透斯。

当忒修斯从冥界回来后，他看到的是一个乱摊子。内有百姓不满，外有梅纳斯透斯叛乱，内忧外患让他成了一个严肃的老人。他很为自己从前的荒唐行为感到惭愧，对于海伦被救了回去，他反而如释重负。

一开始，忒修斯还试图镇压叛乱，可是反对的人太多，他的努力失败了。这位曾经的英雄心灰意冷，决定放弃他的王国。他把儿子阿卡玛斯和得摩丰送往攸俾阿，让他们投奔国王埃勒弗诺阿。然后他乘船前往斯库洛斯岛，在那里，他父亲给他留了一大笔财产。

斯库洛斯国王吕科墨德斯热情地接待了忒修斯，当忒修斯提出要拿回父亲的遗产时，吕科墨德斯爽快地答应了。他把忒修斯带到岛上的一座高高的悬崖边，声称让忒修斯先看一下他父亲留下的产业。当忒修斯疑惑地四下张望时，吕科墨德斯猛地从背后一推，把他推下了悬崖。

我们不知道吕科墨德斯是惧怕这位英雄的威名，必欲除之而后快，还是跟梅纳斯透斯有着什么不可告人的协议，要秘密谋害他。曾经的英雄忒修斯，就这么摔死在了悬崖下。

梅纳斯透斯坐上了雅典的王位，忒修斯的儿子们被当作普通士兵，跟随埃勒弗诺阿一起出征特洛伊。后来，梅纳斯透斯在特洛伊战争中身亡，忒修斯的儿子得摩丰才得以重返王座。人们重新记起了忒修斯为他们做过的善事，原谅了他晚年给雅典带来的灾难和不幸。

再后来，密尔策阿特斯的儿子齐蒙征服了斯库洛斯岛，他打算把忒修斯的遗骸带回去。可是怎么找忒修斯的坟墓呢？正当他发愁时，一只雄鹰从天上直冲下来，落到一座坟墓上，用爪子刨泥土。齐蒙觉得这是上天的指示，于是命人在那里挖掘，果然发现一具大棺，棺旁陪葬着一根铁矛和一把宝剑。

他们把忒修斯的遗骸运回雅典，安葬在城市中心，并在上面建了一座神庙，命名为忒修斯庙。这位创建雅典宪法、带给人们自由的英雄，终于受到了应有的尊崇。

第九章　特洛伊战争

一、金苹果之争

可能连不和女神厄里斯自己都不会想到，她丢下的一只金苹果，竟然在人间引发了一场旷日持久的战争。

事情还要从英雄珀琉斯和海洋女神忒提斯的婚宴说起。

那天，天上所有的神祇都受到邀请，唯独遗漏了不和女神厄里斯。不和女神一怒之下，决心报复。她在一只金苹果上刻了一行字“献给最美的女神”，然后悄悄把它丢在了欢快的客人们中间。

果不其然，天后赫拉、爱情女神阿佛洛狄忒，还有智慧女神雅典娜，立即争夺起这只金苹果来。当然，她们并不是稀罕金苹果，而是认为自己长得最美，最配得到这只苹果。三人争执不休，各不相让，最后一直闹到万神之王宙斯面前，她们要求他评判一下到底谁最美。

这个要求让宙斯感到十分为难。这三个女人，一个是他的妻子，另外两个是他的女儿，哪一个他都不好得罪。于是，他便准备把这个皮球给推了。他往下界一瞅，正好看到特洛伊王子帕里斯在那儿放牧——得了，你们就到人间走一趟，去找特洛伊王子帕里斯裁决吧！

帕里斯的命运本来就不算好，就因为被宙斯随便这么一点名，他以后的人生平添了许多波折。

我们在前面讲过，赫拉克勒斯完成了他的十二件任务之后，兴兵讨伐特洛伊，杀死了国王拉俄墨冬和他的儿子们，只留下他女儿赫西俄涅和她最小的一个弟弟普里阿摩斯。后来，普里阿摩斯继承了特洛伊王位，娶了夫利基阿国王迪马斯的女儿赫卡柏为他的第二任妻子。他们生有两个儿子，第一个儿子叫赫克托耳。第二个孩子出生前，赫卡柏做了一个奇怪的梦，梦见自己生下一支火炬，点燃了特洛伊城，把它烧成灰烬。

赫卡柏非常害怕，把梦境告诉了丈夫。普里阿摩斯也觉得奇怪，便召来他和前妻生的儿子埃萨库斯。埃萨库斯是个预言家，对解梦很在行，他对这个梦的解释是，王后赫卡柏会生下一个儿子，这孩子将会给特洛伊城带来毁灭。鉴于此，他劝父亲等这个孩子出生后把他扔掉。

不久，王后赫卡柏果然生了一个儿子。出于对预言的恐惧，国王夫妻俩把婴儿交给一个仆人，让他把孩子扔到艾达山上，任他自生自灭。说来这孩子也是命大，他在荒野里待了五天，竟靠吃母熊的奶活了下来。五天以后，仆人又来到山上，见孩子好好地躺在树林里，他觉得这孩子一定是有神相助，便私下里决定把他带回家当自己的儿子抚养，并为他取名为帕里斯。

就这样，帕里斯渐渐长大，成了一个健壮有力的英俊青年。

且说这一天，帕里斯正在山上放牧。正当他百无聊赖地靠在大树上眺望着特洛伊的宫殿和远处的大海时，忽然，神的使者赫耳墨斯带着奥林波斯圣山上的三位女神，降落在他面前的草地上。帕里斯顿时感到一阵恐慌。

赫耳墨斯对他说："你不用害怕，三位女神来找你，是想请你当她们的裁判，要你评一评她们谁最漂亮。万神之王宙斯吩咐你接受这个使命，所以你不可推托，当然，他以后也会给你保护和帮助的。"

帕里斯听了这话，鼓起勇气，抬起头打量面前的三位女神。这一看，他觉得三位女神个个都漂亮，分不出高下。再一看，一会儿觉得这个更漂亮，一会儿又觉得那个更漂亮。到最后，他彻底糊涂了，不知道该选哪一个好。

这时，天后赫拉上前一步，把金苹果递给他，骄傲地说："我是天后赫拉。你大概还不知道你的身世吧？我告诉你，你是特洛伊王国被遗弃的王子。你也看到了，这个金苹果上面刻着‘献给最美的女神’，如果你把它判给我，我会助你登上特洛伊王位，让你统治这片土地上最富有的国家！”

她刚说完，智慧女神雅典娜立即接上她的话：“统治一个王国算什么？智慧才是更有价值的东西。帕里斯，我是智慧女神雅典娜，如果你判定我最漂亮，那么，你将会成为世界上最聪明的人。”

当她俩说话时，爱情女神阿佛洛狄忒一直忽闪着美丽的大眼睛盯着帕里斯，等她俩说完，她才甜甜地开了口：“小伙子，千万不要被那些许诺诱惑，如果你选了我，我会把世界上最漂亮的女人送给你做妻子，让你享受幸福的爱情。因为我是阿佛洛狄忒，专管爱情的女神！”

爱情女神的魅力征服了放羊的落难王子，帕里斯想也没想，就把从赫拉的手里得到的金苹果递给了阿佛洛狄忒。爱情女神阿佛洛狄忒脸上现出兴奋的光彩，而天后赫拉和智慧女神雅典娜的脸色立马黑了下来。两位落败的女神恼怒地飞走了，她们发誓不会忘掉今天的耻辱，一定要让特洛伊人付出代价。

爱情女神阿佛洛狄忒则同帕里斯订下了“金苹果之约”，许诺一定会让世界上最美丽的女人成为他的妻子，并在他需要帮助的时候尽力帮助他。

从此，爱情女神阿佛洛狄忒成了帕里斯最大的靠山，而天后赫拉和智慧女神雅典娜则成为帕里斯的死对头。她们后来甚至卷入到特洛伊战争中，一方支持特洛伊人，一方支持希腊人，让这场战争变得更加血腥残酷。

女神们走后，帕里斯的生活恢复了平静，仍旧整天放他的牛和羊。他盼望着爱情女神的许诺能够兑现，可是除了干等也没什么好办法。等得日子久了，他自己都灰心了，便娶了一个漂亮的姑娘俄诺涅为妻。

有一天，帕里斯听说国王普里阿摩斯在特洛伊城里举行赛会，他决定去参赛。因为国王为比赛设立的奖品，是一头从艾达山牧场里牵来的公牛。帕里斯非常喜爱这头公牛，他希望能在比赛中把这头公牛赢回来。

帕里斯第一次进了城。在比赛中，他机敏灵活，战胜了所有的对手，连高大威猛的赫克托耳也败在他手下。赫克托耳其实是帕里斯的哥哥，在国王的几个儿子中，他最勇猛。国王的另一个儿子得伊福玻斯因为失败，又羞又怒，挥舞着长矛想要把帕里斯刺死。帕里斯惊慌地逃到宙斯的神庙边，碰巧遇到国王的女儿卡珊德拉。卡珊德拉也有预言的本领，她认出了面前的年轻人正是从小就被遗弃的哥哥。

就这样，帕里斯跟父母重逢了。国王夫妇见到失散多年的儿子，狂喜之下，竟忘了他出生时的预言。

国王普里阿摩斯一直对当初赫拉克勒斯抢走他姐姐赫西俄涅这事耿耿于怀，尽管后来赫西俄涅成了忒

帕里斯的评判

拉蒙的妻子，萨拉密斯王国的王后。有一次，普里阿摩斯又怀念起他在远方的姐姐。帕里斯为了安慰父亲，夸口说，如果让他率领一支舰队开到希腊，他一定能从敌人手中夺回他的姑妈赫西俄涅。

当然，讲这话时，帕里斯没忘把爱情女神阿佛洛狄忒答应帮他的事添油加醋地讲了一遍。普里阿摩斯毫不怀疑他的这个儿子是受到神祇的保佑的，要不他早就饿死在艾达山上了。于是，国王同意了他这个想法，决定向希腊派出舰队。

很快，一支强大的舰队组建了起来，帕里斯成为舰队的统帅。他们一路乘风破浪，朝着希腊的锡西拉岛进发。半路上，他们迎面遇到斯巴达国王墨涅拉俄斯的船队。可是双方互不认识，两支船队就这样在海面上擦肩而过。

特洛伊的舰队顺利到达锡西拉岛，帕里斯打算从这里登陆跟希腊人交涉，要求他们归还他的姑妈赫西俄涅。如果希腊人拒绝的话，帕里斯就要直扑萨拉密斯湾，用武力夺走他们的王后了。

特洛伊王子带了这么威武的一支舰队来到锡西拉岛，消息很快传到斯巴达。这时候，斯巴达国王墨涅拉俄斯正外出访问，国事由王后海伦主持。

海伦名义上是斯巴达国王廷达瑞俄斯的女儿，实际上是宙斯和廷达瑞俄斯的妻子勒达所生。她的两个哥哥，卡斯托耳和波吕丢刻斯，也是宙斯和勒达所生。海伦很小的时候曾被忒修斯抢走，她的两个哥哥又把她重新夺了回来。海伦长大以后，出落得妩媚动人，被认为是当时世上最漂亮的女人，吸引了大批求婚者。

国王廷达瑞俄斯担心无论选谁做女婿，都会得罪其他求婚者，为此他接受了伊塔刻国王奥德修斯的建议，立了一个规矩：所有的求婚者都要发誓，将来跟有幸被选中的求婚者建立同盟，一致对外。最终，他选择了希腊诸王之王——迈肯尼国王阿伽门农的兄弟墨涅拉俄斯做他的女婿。墨涅拉俄斯娶了海伦之后，继承了廷达瑞俄斯的王位，成为斯巴达国王。

不知道海伦是不是受了爱情女神阿佛洛狄忒的蛊惑，反正她听说一位外国王子率领强大的舰队来到锡西拉岛，便立刻产生了强烈的好奇心，决定亲自来看一看。当她来到锡西拉岛，到神庙去献祭时，正好碰到在这里献祭的特洛伊王子帕里斯。

帕里斯看到令人惊艳的斯巴达王后，立刻明白了这便是爱情女神许诺给他的最美的女人。而海伦看到英俊潇洒的特洛伊王子，也情愫暗生。帕里斯把这次远征的目的抛在了脑后，鼓动海伦跟他私奔。为了爱情，海伦抛弃了一切，包括她刚出生不久的女儿赫尔弥奥涅。三天以后，他们就回到了特洛伊。

战争的导火索就此埋下。

二、谈判破裂

斯巴达国王墨涅拉俄斯得知妻子被拐走的消息，

怒不可遏。他立即赶到迈肯尼，把事情告诉了他哥哥阿伽门农。

作为希腊各个小王国的最高首领，阿伽门农早就对富庶的特洛伊王国垂涎不已。现在，他终于找到对特洛伊发动战争的借口了。

阿伽门农安慰他的兄弟，一定会为他讨个公道。

当初向海伦求婚的国王和王子们曾许下诺言，结成同盟，一致对外。现在，阿伽门农以海伦被劫走为由，要求希腊各王国的国王和王子履行诺言，参加讨伐特洛伊的战争。首先响应号召的是特勒泊勒摩斯，他是赫拉克勒斯的儿子，他同意装备九十只战船出征。接下来是亚各斯国王狄俄墨得斯，他答应率八十条战船参战。

海伦的两位兄长卡斯托耳和波吕丢刻斯，当时一听到妹妹被拐走的消息，立即出海追赶，一路追到特洛伊沿岸的列斯堡岛，不料此时遭遇风暴，船只失事，两人落海。传说他们并没有死，而是被宙斯召回天上，变成了双子座。要不是这样，兄弟俩肯定第一个参战。

到最后，几乎全希腊的国王都响应了阿伽门农的号召。只有两个人还在犹豫，一个是狡猾的奥德修斯，另一个是阿喀琉斯。

奥德修斯是伊塔刻国王，他不愿意因为海伦的不忠而离开自己年轻的妻子和幼小的儿子。因此，当斯巴达国王墨涅拉俄斯带着好友帕拉墨得斯前来游说他时，他想了一个招儿——装疯，他套了一头驴去耕地，并把盐当种子撒在田里。

帕拉墨得斯是一个聪明绝顶的人，希腊的灯塔、天平、数字、钱币、历法等等，都是他发明的。奥德修斯的这点儿小诡计怎么能瞒得过他？他走进王宫，把奥德修斯幼小的儿子抱出来，放在奥德修斯的犁头前面，奥德修斯的戏演不下去了，只得答应出八条战船参战，随时听候调遣。但从这以后，他暗地里恨上了帕拉墨得斯。

阿喀琉斯迟迟没有答应参战，也是有原因的。

阿喀琉斯是英雄珀琉斯和海洋女神忒提斯的儿子。他刚出生时，他母亲想让他也成为神，便在夜里偷偷把他放在天火中煅烧，以便去除他父亲遗传给他的凡人成分。到了白天，她又用神药给儿子治愈伤口。一连几天，她都在做这件事。没想到有一天晚上，珀琉斯无意中撞见了这个秘密，他看到儿子在烈火中抽搐，以为海洋女神要杀害他，不禁吓得大叫起来。

这样一来，忒提斯的计划不得不提前中止，她只好丢下炼了一半的儿子，一个人回到了海洋里。珀琉斯以为儿子受到严重的伤害，忙不迭地给他疗伤，岂不知他这是耽搁了儿子。阿喀琉斯长大以后，全身刀枪不入，只有脚踵因为在煅烧的时候被母亲捏着，没有烧到，成了他的弱点。后来人们就用“阿喀琉斯之踵”来比喻致命的弱点、要害。

阿喀琉斯九岁时，有一个叫卡尔卡斯的预言家预言说，将来在亚细亚发生的特洛伊战争，没有珀琉斯的儿子参加是不可能打得下来的。海洋女神忒提斯听说了这个预言，知道这场战争将会要了她儿子的性命，于是潜入珀琉斯的宫殿，将阿喀琉斯打扮成一个女孩，并把他送到斯库洛斯岛，交给国王吕科墨得斯照看。吕科墨得斯以为阿喀琉斯是个女孩，便让他跟自己的女儿们一起玩耍。后来，国王的女儿得伊达弥亚发现了他男扮女装的秘密，两人就悄悄好上了。

尽管阿喀琉斯躲到了斯库洛斯岛，预言家卡尔卡斯还是测算出了他的下落。于是，阿伽门农便派奥德修斯和狄俄墨得斯去动员他参战。

两人到了斯库洛斯岛，向国王说明来意。可是，面对着国王的一群女儿，他俩怎么也认不出到底哪个是男扮女装的阿喀琉斯。奥德修斯见正面强攻不行，决定智取。他叫人拿来一把长矛和一个盾牌，悄悄放在姑娘们聚集的屋子外面，然后命令随从吹响战斗的号角，好像敌人已经冲了进来一样。

姑娘们惊慌失措，只有阿喀琉斯镇定地走出屋外，拿起矛和盾，准备战斗。这么一来，他便暴露了自己的身份，只得同意出征。

现在，希腊人终于组建起了一支异乎强大的联合舰队。

所有战船集结于攸俾阿海湾的港口城市奥里斯，阿伽门农被推选为联军统帅。

在阿伽门农的主持下，联军举行了一次会议，决定先礼后兵，先派出代表团前往特洛伊，向普里阿摩斯国王抗议特洛伊王子劫持斯巴达王后的非法行为，要求归还海伦以及被掠夺的所有财物。

会议推选帕拉墨得斯、奥德修斯和墨涅拉俄斯为谈判代表。奥德修斯尽管对帕拉墨得斯心存怨念，但为了联军的共同利益，还是服从了大局，同意听从帕拉墨得斯的指挥。因为帕拉墨得斯经验丰富，在希腊联军中很有威望。

当特洛伊人看到希腊联军代表团的战船趾高气扬地开到特洛伊港口的时候，既惊慌又莫名其妙，他们根本不知道发生了什么事。这也不怪他们，因为帕里斯和海伦回来以后直接去了克拉纳岛，连消息都没告诉普里阿摩斯国王一声。特洛伊城的人们还以为帕里斯的军队在希腊遭到抵抗，全军覆没了呢。

尽管如此，特洛伊国王普里阿摩斯还是接见了希腊联军代表团。

双方开始了第一轮磋商。希腊联军代表团团长帕拉墨得斯首先发言，他以全体希腊人的名义谴责了帕里斯劫走海伦的行为，要求普里阿摩斯国王尽快归还被抢走的斯巴达王后和财物，并赔礼道歉。“否则，”他说，“全希腊最有名的英雄，将在我们最高统帅阿伽门农的率领下，挥师东进，踏平特洛伊城，一雪前耻！”

听到这些充满挑衅意味的话，特洛伊的王子和长老们忍不住了，他们怒火冲天地拔出宝剑，眼看着就要对希腊的谈判代表们动手。

普里阿摩斯国王做了一个安静的手势，然后站起来说："各位希腊的代表，我们对你们指控的罪行一无所知，相反，应该受到谴责的是你们！想当年，你们的同乡赫拉克勒斯野蛮入侵了我们的城市，杀死了我的父亲和兄弟，抢走我无辜的姐姐赫西俄涅，把她送给忒拉蒙为奴。感谢忒拉蒙，他娶了我姐姐，而不是让她真的当女奴。但这能补偿得了你们对我们的欺凌和侮辱吗？"

说到这里，普里阿摩斯顿了一顿，又说："至于你们刚才提到的我的儿子帕里斯，我派他到你们的国家，正是要去接回我姐姐的。他究竟做了什么，现在在何处，我的确不清楚。现在我清楚的是，在特洛伊城没有一个希腊女子，即使我想答应你们的要求也做不到。我可以向你们保证，如果帕里斯回到特洛伊，并且真的带回你们所说的希腊女子，我可以把她交给你们。但是有一个条件，你们得先把我姐姐赫西俄涅送回来！"

国王普里阿摩斯的这番话合情合理，所有参与谈判的特洛伊人一致赞同。

但是，帕拉墨得斯却坚持说："归还海伦，这个没有任何条件可谈。你儿子抢走了她，这是事实。至于赫拉克勒斯所干的事，那都是上一辈的事情了，跟我们没有关系。再说了，你姐姐赫西俄涅是自愿嫁给忒拉蒙的，这次她还派儿子大埃阿斯来参战呢！而海伦被劫走并非自愿。你就感谢上天吧，得亏你儿子还没回来，这样你们还有时间考虑。这次我们先谈到这儿，希望你们尽快做出明智的决定！”

谈判就这样破裂了。特洛伊人被惹得一肚子怒火，希腊的代表们则登上战船，迅速扬帆返航。

希腊联军得到消息，决定立即向特洛伊进发。

三、兵临城下

从希腊半岛向爱琴海对面小亚细亚沿岸的特洛伊进军，需要借助西风。希腊联军万事俱备，可西风就是不来。

怎么回事呢？这还要从阿伽门农射杀一只梅花鹿说起。在代表团赴特洛伊谈判期间，有一天，阿伽门农出外打猎，在狩猎女神阿耳忒弥斯神庙附近射死一头梅花鹿。当时阿伽门农很得意，对士兵们说：“即使狩猎女神本人也未必有我射得准吧！”可是，等代表们从特洛伊回来，报告说谈判破裂时，阿伽门农犯了愁——不刮西风，舰队就没法开动，只能待在港口里。

眼看时间一天天过去，西风始终不来，阿伽门农只好举行祭祀，想求个神谕看看是什么原因。结果，预言家卡尔卡斯转达的神谕是：阿伽门农射杀了狩猎女神的梅花鹿，狩猎女神要求他把女儿献祭给她，否则海面上永远不会有西风。

阿伽门农听了这话，心里立即打了退堂鼓，我不干了，舰队解散回家算了！

哪知，刚回到营帐，他弟弟墨涅拉俄斯就来找他，说："现在箭在弦上，不得不发，否则我们兄弟俩会成为众矢之的的！"阿伽门农岂能不知，只好写信给在迈肯尼的妻子克吕泰涅斯特拉，让她把女儿伊菲革涅亚送来，骗她说要让女儿与阿喀琉斯结婚。

信送出去后，到了晚上，阿伽门农想想要拿女儿献祭，还是于心不忍，便又写一封信给妻子，说已经把婚期推迟到来年春天，现在不必把女儿送来了。不料送信人刚出营帐，就被墨涅拉俄斯碰见。墨涅拉俄斯搜出那封信，向他哥哥嚷道："我们向军队许诺，这一战会带来荣誉和财富，把他们给忽悠来了，可现在你要反悔，你觉得他们会答应吗？我们不把他们带到特洛伊，他们就会在我们兄弟身上打主意的！"

阿伽门农也怒了："为了你那个不争气的妻子，要让我女儿去送死吗？"

两人正吵着，仆人进来报告说，王后克吕泰涅斯特拉已经带着女儿到了军营。阿伽门农顿时流出了眼泪，叹口气说："唉，这就是她的命啊！士兵们现在最听卡尔卡斯和奥德修斯的话，如果我们不这么做，他们一定会煽动士兵杀了我们。墨涅拉俄斯，你去准备吧，别让克吕泰涅斯特拉知道。"

伊菲革涅亚被带到祭坛，预言家卡尔卡斯亲自执刀。王后克吕泰涅斯特拉得知真相，顿时晕倒过去。

当卡尔卡斯挥刀斩下时，狩猎女神阿耳忒弥斯突然出手把这个可怜的姑娘摄走了，用一只牝鹿代替她受了一刀。尽管女儿躲过了一劫，但从此再也不可能见到她了，王后克吕泰涅斯特拉因此深深地恨上了阿伽门农。

献祭完后，海面上果然起了西风。

阿伽门农下令立即出发，希腊联军乘风破浪，一路向特洛伊前进。

不久，他们来到卡律塞岛，决定上岛补充淡水。

菲罗克忒忒斯在岛上发现了一座倒塌的雅典娜祭坛，这是阿耳戈英雄伊阿宋在夺取金羊毛的途中建立的。菲罗克忒忒斯是赫拉克勒斯的朋友，赫拉克勒斯临终自焚的时候，是菲罗克忒忒斯帮他点的火。为了感谢他，赫拉克勒斯把自己的弓箭送给了他。菲罗克忒忒斯本想到祭坛前祭拜一番，不承想却被一条毒蛇咬了一口。

当联军补充完淡水重新出发后，菲罗克忒忒斯的伤口肿了起来，并逐渐化脓恶化，这让他痛不欲生。为了防止因为伤重而整天哀号的菲罗克忒忒斯影响士气，阿伽门农兄弟与奥德修斯秘密商议后决定，把这个倒霉的家伙丢在半路上。

于是，当舰队路过雷姆诺斯岛时，奥德修斯趁菲罗克忒忒斯睡着，悄悄把他抬上一条小船，运到荒岛的海滩边，把他安置在一个岩洞里，并给他留下了衣服和食物。然后，奥德修斯划着小船追上前面的舰队，继续前行。当然，他们不会想到，他们这个举动，在以后会给自己带来多大的麻烦。

再说特洛伊这边，当庞大的希腊舰队逐渐逼近的时候，帕里斯率领船队，载着被他拐来的海伦和众多的战利品回来了。

国王普里阿摩斯见帕里斯果然带了一个希腊女人回来，很不高兴，立即召集儿子们和贵族开会，商讨怎么处理此事。可是，他的这些年轻气盛的儿子们却不以为然。他们已经得了帕里斯送的财宝，还有从希腊带回来的漂亮的侍女，自然满口替帕里斯说好话。因此，最终商讨的结果竟然是收留海伦，决不将她交给希腊人。

既然大家都这么说，国王普里阿摩斯也不好说什么。为了谨慎起见，他又派王后赫卡柏到海伦那里，问问她是否真的是自愿跟帕里斯来特洛伊的。

海伦怎么说呢？她说她被抢走虽非自愿，但现在她已经爱上了帕里斯，她愿意成为他的妻子。再说了，这件事情发生后，她已经不可能得到前夫的原谅了。如果把她交给希腊人，等待她的唯一下场就是被乱石砸死。现在她除了留在特洛伊，没有其他的路可走。

看着面前梨花带雨的可怜女子，王后赫卡柏的心软了。她告诉国王，所有的儿子都决定保护海伦，准备抵抗任何进犯的敌人。

特洛伊人开始了战争的准备。国王普里阿摩斯虽已年迈，但他有五十个儿子，这些儿子个个英勇善战，特别是赫克托耳和得伊福玻斯。此外他们还有预言家赫勒诺斯、帕蒙、波吕忒斯、安提福斯、希波诺斯。赫克托耳任最高统帅，国王的女婿埃涅阿斯辅佐他。前来助战的援军也一一到位，有阿德拉斯托斯及其兄弟安菲俄斯、阿西俄斯及其儿子阿达玛斯和弗诺珀斯、战神的后裔希珀托乌斯和彼勒俄斯等等。

而且，特洛伊人确信，除了爱情女神阿佛洛狄忒以外，还有战神阿瑞斯、光明之神阿波罗、万神之王宙斯是站在他们这一边的。他们并非没有一战之力。

这边特洛伊守军刚布置妥当，那边希腊联军已在西革翁和律忒翁半岛之间的海岸登陆。

兵临城下，大战一触即发。

四、围城九年

战争以特洛伊人的突袭拉开了序幕。

希腊联军登陆以后，立即开始在海边安营扎寨。希腊营地和特洛伊城之间是一块平原，站在营地就可以远眺特洛伊。第一天，特洛伊人没有动静。第二天，希腊人的营地建得差不多的时候，特洛伊城的几座城门突然打开，赫克托耳率领着全副武装的特洛伊士兵，潮水一般涌过平原，冲向希腊人的营地。最前面的希腊士兵急忙拿起武器抵抗，仓促之间，吃了个大亏。好在他们这一阵抵挡争取了一点时间，让其余的希腊人集合起来，摆开了阵势。

战争正式开始了。赫克托耳异常勇猛，他所到之处，希腊人望风披靡。希腊的英雄们也不是省油的灯，在没有赫克托耳的地方，特洛伊人被打得落花流水。

很快，战场上出现了伤亡。在登陆时第一个跳上岸的希腊人——伊菲克洛斯的儿子帕洛特西拉俄斯，最先倒在了战场上。这个年轻人出征前刚刚订了婚，现在，他的未婚妻永远见不到她的新郎了。

阿喀琉斯和忒拉蒙的儿子大埃阿斯立即赶来增援。骁勇的阿喀琉斯接连杀死了普里阿摩斯国王的两个儿子，特洛伊主帅赫克托耳眼见抵挡不住，只好率军退回城里。希腊人也不追赶，回到海边，一部分人继续扩建营地，另一部分人为帕洛特西拉俄斯举行葬礼。

葬礼还没有结束，希腊人又遭到第二波攻击。这一次，袭击他们的是科罗奈人。

科罗奈王国是特洛伊的邻国，国王库克诺斯是海神波塞冬的儿子。库克诺斯是特洛伊人的盟友，当他看到希腊联军在特洛伊登陆时，没等普里阿摩斯国王求援，便率领一支军队，悄悄赶了过来。

希腊人正在悼念阵亡的英雄，还没弄明白怎么回事，就被库克诺斯的军队一通绞杀，顿时许多士兵丢了性命。其他希腊人见势不妙，在阿喀琉斯的率领下迅速赶来支援。阿喀琉斯站在战车上，挥动长矛，左冲右突，杀得科罗奈人丢盔弃甲。

混战中，阿喀琉斯发现了远处正在追杀希腊士兵的敌军统帅库克诺斯。阿喀琉斯催动战马，向库克诺斯冲去。大老远地，他就朝库克诺斯喊道："不管你是谁，有幸死在海洋女神忒提斯儿子的长矛之下，也算是你的荣光！"说着，他投出了长矛。长矛准确命中了库克诺斯的胸膛，可是它停顿了一下，又弹了回来。

阿喀琉斯惊奇地打量着对手，难道这人的盔甲这么厉害？

库克诺斯微笑着拍了拍胸膛，对阿喀琉斯说："海洋女神的儿子是吧？如果你知道我是谁，就不会奇怪了。我能挡住你的长矛，不是因为我的盔甲，而是因为，你的面前站着海神波塞冬的儿子，他有着铜筋铁骨！你的母亲应该归我父亲统治吧？所以，你用不着得意！"

说着，他把长矛朝阿喀琉斯掷去。长矛刺穿了阿喀琉斯的青铜盾面和九层牛皮，到第十层牛皮时才停住了。阿喀琉斯从盾牌上拔出长矛，又朝库克诺斯投去，但对手还是毫发无损。再掷第三枪，依然不能伤到他。

阿喀琉斯恨得牙痒，干脆跳下战车，挥动宝剑朝库克诺斯刺去，可剑都砍断了，也没能伤得了库克诺斯。最后，阿喀琉斯疯了一样举起十层牛皮的青铜盾牌，一下一下地朝库克诺斯头上砸去。

库克诺斯被砸得眼前发黑，脚下一个踉跄，绊在一块石头上摔倒了。阿喀琉斯趁机上前一步，用盾牌死死地压住库克诺斯，双膝抵住他的胸口，用盔甲的带子勒住他的喉咙，活活将他勒死了。

科罗奈人见国王战死，顿时溃散。希腊人乘机攻入科罗奈王国，夺取了许多战利品。

为了庆祝这次大捷，希腊人决定向光明之神阿波罗献祭一百头牲口。

帕拉墨得斯被任命为这次献祭的负责人，他押送着祭品，前往阿波罗的神庙，在那里举行了隆重的献祭仪式。

负责主持献祭活动，这是一项光荣的任务。但是，这次的献祭没给帕拉墨得斯带来好处，反而让他惹上了杀身之祸。

我们前面说过，帕拉墨得斯识破了奥德修斯装疯的诡计，让他不得不来参战。因此，奥德修斯一直对帕拉墨得斯心怀不满，总想伺机报复他。现在帕拉墨得斯这么风光无限，奥德修斯在恨上面又加了妒忌。帕拉墨得斯出去献祭，离开了营地，就给了奥德修斯阴谋栽赃的机会。

奥德修斯悄悄地把一袋黄金埋在了帕拉墨得斯的营帐内，然后，他又以特洛伊国王普里阿摩斯的名义，伪造了一封写给帕拉墨得斯的信。在信中，特洛伊国王非常感谢帕拉墨得斯通报希腊人的军事秘密，并提到以黄金一袋酬谢。

做好这一切，奥德修斯把信放到一个夫利基阿的俘虏身上，然后假装无意间发现了这封信。特洛伊国王普里阿摩斯的王后赫卡柏就是夫利基阿国王的女儿，让一个夫利基阿人来送信，看起来合情合理。于是，奥德修斯立即下令处死了这个“送信人”，然后在希腊将领们的会议上公开了这封信。

帕拉墨得斯献祭回来，刚到营地就被抓了起来。阿伽门农组建了一个审判厅，任命奥德修斯为主审官。奥德修斯下令搜查帕拉墨得斯的营地，毫无悬念地，预先埋在那里的黄金被挖了出来。愤怒的审判官们不问青红皂白，一致同意判处帕拉墨得斯死刑。

帕拉墨得斯知道自己掉进了别人的圈套，但是他无法洗清自己通敌的罪名，也不知道是谁要陷害他，更别说找到有人陷害他的证据。当他听到审判厅判决要用乱石砸死他时，他悲哀地说：“可怜的希腊人啊，你们将杀死一个无辜的人，从此你们的行列里将会少一个聪明博学、歌声优美的夜莺！”

在场的人听到这种奇特的辩护词，无不嗤之以鼻。

帕拉墨得斯被带到了刑场，他从容地接受了自己的命运。石头雨点般地朝他砸来，在倒下之前，他大声喊道：“真理啊，你终于死在我的前面！”

帕拉墨得斯死后，希腊联军和特洛伊人进入了对峙状态。

这场战争，一打就是九年。特洛伊人固守城内，养精蓄锐，很少主动出击。希腊人也没有强攻，而是转而攻袭特洛伊周边地区，大肆抢掠财物。

阿喀琉斯率军从海路攻破了十二座城池，从陆上攻破了十一座城池。在密西埃，他抢走了光明之神阿波罗祭司克律塞斯的女儿克律塞伊斯。在吕耳纳索斯，他占领了王宫，逼得国王自杀，国王的女儿勃里撒厄斯（也叫布洛达弥亚）成了他的战利品。列斯堡岛和底比斯城也被阿喀琉斯攻破。底比斯国王是特洛伊国王普里阿摩斯的亲家，他的女儿安德洛玛刻嫁给了特洛伊守军统帅赫克托耳。阿喀琉斯攻破底比斯后，杀掉了国王和他的七个儿子，把国王的妻子掳走为奴。后来他得到一大笔赎金，才将她释放。

另一个四处征战的希腊英雄是忒拉蒙的儿子埃阿斯，他的掠夺手段比阿喀琉斯有过之而无不及。

埃阿斯率领战船一直深入到色雷斯半岛。在这里，他得到了一个最有利用价值的战利品——特洛伊国王普里阿摩斯最宠爱的小儿子波吕多洛斯。本来，普里阿摩斯把小儿子送到这里来，是想让他远离战火。没想到埃阿斯居然会跑这么远来打秋风，更没想到他所托非人——埃阿斯刚到城下，色雷斯国王就举起了白旗求和，把波吕多洛斯和普里阿摩斯送给他的黄金珠宝，当礼物送给了埃阿斯。

埃阿斯得了这许多好处，并没有收手，而是带着战利品继续前进。在夫利基阿海岸，他又攻陷了一个王国，杀死了国王忒耳特拉斯，并抢走了他的女儿忒克墨萨作为自己的侍妾。

这两个英雄凯旋，受到了希腊人的热烈欢迎。

当然，他们更欢迎装满船舱的战利品。所以，欢迎仪式过后，希腊联军的将领们要做的第一件事，便是商量如何分配这些战利品。首先是抢来的美女。勃里撒厄斯和她的侍女狄俄墨得归了阿喀琉斯，埃阿斯得到了忒耳特拉斯国王的女儿忒克墨萨。阿波罗的祭司克律塞斯的女儿克律塞伊斯，被送给了阿伽门农。还有其他一些女俘和财物，也都作了分配，人人有份。自然，阿伽门农从中得到了不少好处。

能分的都分完了，最后，希腊人把目光投向了特洛伊国王普里阿摩斯的小儿子波吕多洛斯。经过商议之后，他们一致决定，派奥德修斯和狄俄墨得斯、墨涅拉俄斯三人再次前往特洛伊谈判，条件是以国王普里阿摩斯的儿子交换海伦。

希腊人的要求看起来合情合理，而且，特洛伊人在了解到实情之后，也对王子帕里斯的所作所为深为不齿。因此，大部分特洛伊人都同意把战争的祸根——海伦交出去。但是，在特洛伊国王的殿前会议上，人们公认的最勇敢、最正直，又最讲道德的王子赫克托耳，特洛伊守军的统帅，却发表了不一样的看法。

尽管赫克托耳一想到兄弟帕里斯的卑鄙行径就会感到脸上发烧，但他并不主张交出海伦。“想想看，她当初来寻求保护的时候，”他说，“我们并没有反对，而且还给她和帕里斯建造了一座宫殿。那时大家明明知道会有今天的结果，却都默认了。现在我们把她交出去，道义上说得过去吗?”

最后，特洛伊人做出决定：不交出海伦，但是她带到特洛伊的财物可以等价偿还。他们愿意从国王普里阿摩斯的女儿中挑选一个人代替海伦嫁给墨涅拉俄斯，并且陪送一份丰厚的嫁妆。

听到特洛伊人的答复，墨涅拉俄斯顿时大怒：“要我娶敌人的女儿？真是好笑！留着你们的公主吧，我们战场上见！”

第二次谈判宣告破裂。作为报复，希腊人处死了无辜的特洛伊小王子波吕多洛斯。他们特意把行刑的地点放在特洛伊城城墙下，国王普里阿摩斯眼睁睁地看着自己最喜爱的小儿子被希腊人用石头砸死，却无能为力。

波吕多洛斯死后，双方都明白，他们进入到一个不死不休的局面。

五、阿喀琉斯的愤怒

转眼间，战争进入到第十年。

由于特洛伊小王子波吕多洛斯的被害，双方的敌对情绪更加高涨。连天上的神祇也卷入到这场战争。神祇们分成两派，一派以爱情女神阿佛洛狄忒和战神阿瑞斯为主，他们反感希腊人的残暴，同情特洛伊人；另一派以天后赫拉、智慧女神雅典娜为主，她们因为金苹果的事，恨不得特洛伊早日灭亡，所以坚定地站在希腊人一边。这使得特洛伊战争的第十年，比往年任何时候都要惊心动魄。

对于交战双方来说，第十年一开始好像也没什么不同。希腊人仍旧是沿着海岸线四处出击，袭击特洛伊的各个盟国和邻邦，掠夺财物，然后满载着战利品回来瓜分。然而事情终于有了变化，因为一个女人。

阿喀琉斯曾把阿波罗的祭司克律塞斯的女儿抢来，这个可怜的姑娘后来被送给了阿伽门农。祭司一直思量着要赎回自己的女儿。就在交战双方第二次谈判破裂，特洛伊小王子波吕多洛斯被害后不久，祭司克律塞斯带着一大笔赎金，来到希腊人的营地，恳求阿伽门农归还他的女儿。

但是阿伽门农并不愿意放走祭司美丽的女儿，他粗暴地对克律塞斯说："老家伙，钱我多的是，倒是像你女儿这么漂亮的女人少见。她现在是我的奴隶，今后永远是我的奴隶！你最好赶快滚开，别惹我发火。以后你要是再出现在我面前，我要你好看！"

克律塞斯默默退了出来，伤心地来到光明之神阿波罗的神庙，祈求说："光明之神啊，这么多年来，我勤勤恳恳地为你打理神庙，定时给你献祭，可现在，野蛮的希腊人却肆意践踏侮辱你忠诚的祭司，我祈求你惩罚狂妄的希腊人，让他们知道你的厉害！"

光明之神阿波罗听到祭司的请求，愤怒地来到希腊人的营地上空，把他的毒箭一支支地射了下去。凡是中了箭的人都染上了瘟疫，痛苦地死去。就这样，瘟疫在希腊联军中蔓延开来。到了第十天，希腊将领们终于意识到，他们需要祈求一个神谕，看看这场瘟疫到底是怎么回事。

预言家卡尔卡斯被叫来祈求神谕。当他得知神谕的内容后，脸色顿时变了。卡尔卡斯对着希腊各城邦的国王和王子们说，只有阿喀琉斯答应保护他，他才能公开神谕的内容，说明神祇为什么发怒。

阿喀琉斯答应，不管卡尔卡斯说什么，他都会保护他。于是，卡尔卡斯说："降下瘟疫的是光明之神阿波罗，他发怒是因为阿伽门农侮辱了他的祭司。如果我们不把祭司的女儿还回去，阿波罗是不会善罢甘休的。"

阿伽门农听了这话，眼睛里差点儿都要冒出火来。他想起来，当初说要他献祭女儿给狩猎女神的，也是卡尔卡斯，当下脱口骂道："你这个混蛋，我从来就没从你嘴里听到过一句好话！是的，我是拒绝了克律塞斯赎回女儿的要求，什么阿波罗的报复，别在这儿妖言惑众了！"

可是，看着周围将领们射来的目光，阿伽门农口气一转："好吧，好吧，为了使士兵们免受瘟疫之灾，我情愿把她放回去。但是，我有一个条件，我不能白白损失一个女奴，你们必须得拿东西出来补偿我！"

阿伽门农这话说得理直气壮，众人一时不知道怎么回答他。阿喀琉斯劝他说："阿伽门农，你的要求并非没有道理，可是我们的战利品早就分光了，现在总不能把分给大伙儿的东西再要回来吧？这样，你先放回祭司的女儿，等我们攻占了特洛伊城，我们愿意加倍补偿你！”

阿伽门农大声嚷嚷道：“哈，你就别来蒙我了！你们每个人都把自己的战利品捂得紧紧的，凭什么我就要乖乖地听从吩咐，把战利品交出来？告诉你们，休想！你们不给我补偿，我就从你们的战利品中拿，不管那是埃阿斯、奥德修斯，还是你阿喀琉斯的，也不管你们生不生气。好吧，这事儿以后再说，现在你们先去准备一条船，把祭司的女儿送回去，对了，阿喀琉斯，我命令你亲自押送那条船！”

阿喀琉斯生气了：“迈肯尼国王，你这话可真够无耻的了！特洛伊人并没有得罪我，是你鼓动我来给你的兄弟报仇。现在你却过河拆桥，打起了我的主意！你要弄清楚，这些战利品都是我夺来的，是我应得的！我在前线攻城略地，拼死拼活，但分战利品时，哪一次拿得有你多？好吧，我不干了，我现在就回家去，想要战利品，你自己上战场上去拿吧！”

“好，请自便！”阿伽门农大声说，“我手下的英雄多得很，不缺你一个。反倒是有了你，总是搞得我们不愉快！但是走之前我得告诉你，我已经决定了，就用你营帐里的勃里撒厄斯补偿我的损失。我要让你明白，我是希腊之王，我比你高贵，这就是你忤逆我的下场！”

阿喀琉斯被激怒了，他的手握住了剑柄。如果不是智慧女神雅典娜突然出手，说不定他已经拔出剑跟阿伽门农拼命了。原来，雅典娜见势不妙，悄悄降临人间，隐身来到阿喀琉斯身后，轻声对他说："别冲动，把剑放回去！听我的话，这回别跟阿伽门农计较，我会给你三倍的补偿的！"

阿喀琉斯顺从地把剑放了回去，但他的语气里还是掩饰不住的愤怒："阿伽门农，我指着我的权杖发誓，就像它不会再发芽一样，从现在起，你也休想再看到我上战场拼杀了！当赫克托耳像切瓜一样屠杀希腊人时，你也别指望我来救你。至于勃里撒厄斯，你大可以把她带走，我相信早晚有一天你会为冒犯我的尊严而后悔的！还有一点你要记住，我船上的其他财产，你就是碰一指头，我也会毫不客气地要你的命的！"

说完，阿喀琉斯把他的权杖往地上一扔，愤愤地走了。

阿伽门农命令奥德修斯将祭司的女儿送回去，然后又叫两个传令官去阿喀琉斯的营帐里把勃里撒厄斯带来。传令官不敢违抗命令，畏畏缩缩地来到阿喀琉斯的营帐。他们看见阿喀琉斯坐在门口，吓得不敢再往前走一步。

阿喀琉斯早已猜到他们的来意，温和地说："你们过来把她带走吧，我不怪你们，这都是阿伽门农的错。事到如今，我已仁至义尽。至于将来，你们别怪我无情就好!”

传令官把勃里撒厄斯带走以后，无助的阿喀琉斯一个人来到海边。望着深蓝的海水，他忍不住在心里呼唤起他的母亲海洋女神忒提斯来。

不一会儿，海洋深处传来忒提斯的声音：“我可怜的孩子，你的生命是如此短暂，却要忍受如此多的磨难！你放心，我会去找宙斯为你讨个公道的。但他昨天到俄刻阿诺斯海湾去享受埃塞俄比亚人的献祭了，要十二天以后才能回来。你暂且忍耐一下，他一回来我就去找他。”

到了第十二天，一大早，忒提斯就来到奥林波斯圣山，向宙斯控诉阿伽门农的贪婪和蛮横，祈求宙斯给她儿子一个公道，让希腊人在战场上吃点苦头，直到阿伽门农乞求她儿子原谅为止。

宙斯良久不语。最后，他实在是被缠不过，无奈地说：“你这样做，不是逼着我跟赫拉吵架吗？好了好了，我悄悄答应你，你快回去吧，别让赫拉看到你!”

说起来，宙斯和忒提斯之间还有一段不可言说的往事。当初，宙斯曾追求过忒提斯，但是有一个预言说：忒提斯的儿子将远远比他的父亲强大。宙斯得知预言后，既怕失去王位，又心存嫉妒，便做主将忒提斯许配给了凡人珀琉斯。后来，忒提斯和珀琉斯生了阿喀琉斯，他果然比父亲强大。

正是因有这一层关系，宙斯怕赫拉看见忒提斯又打翻醋坛子。结果，忒提斯满意地回到了大海里，赫拉却埋怨起宙斯不该多管闲事。宙斯只能端出架子："别多嘴，听从我的决定就是了！"

却说奥德修斯将祭司的女儿送回去后，希腊人的瘟疫果然立即停止了流行，病人们很快复原。但是他们不知道，来自神祇的另一个惩罚马上就会降临。

六、决斗

宙斯答应海洋女神忒提斯，要让希腊人吃点苦头。于是，他派梦神给阿伽门农托了一个假梦。

阿伽门农从梦中惊醒后，立即召集国王和王子们开会。阿伽门农说："朋友们，神祇刚刚托梦给我，说宙斯已经决定让特洛伊城毁灭，我们的胜利已经指日可待了！但是由于阿喀琉斯的事，希腊人的斗志有些涣散。现在，我们需要鼓舞他们回到战场上。等一会儿，我会先说一些丧气的话，让他们离开特洛伊海岸，上船回家，看看哪些人是懦夫。你们的任务是散布在士兵中，动员他们留下来。"

散会之后，阿伽门农来到营地前的空地上，面向着士兵们举起他的权杖，大声说道："朋友们，勇士们，当初宙斯允诺我们可以征服特洛伊，可现在我们陷入了困境。当然，我们可以说特洛伊人有强大的同盟军，阻止我们攻占他们的城池。现在，战争已经打了九年，我们战船上的木板已经开始腐烂，我们的妻儿在家中热切地盼着我们归来。我看，现在我们还是服从神的意志，上船起航，回国算了！”

士兵们听了这话，沉默了一下，突然骚动起来。一时间，只见士兵们争先恐后地朝战船飞奔而去，搅得营地上尘土飞扬。他们有的欢呼，有的喜极而泣，大家互相鼓励着，去拉垫在战船下的横木，去疏通军营通向大海的水道，要把战船拖入大海。

希腊各地的国王和王子们看着眼前的情景，一时目瞪口呆，不知所措。就连奥林波斯圣山上支持希腊人的神祇们，也对这种场面大感诧异。天后赫拉连忙吩咐智慧女神雅典娜去阻止希腊人，不要弄假成真。

雅典娜领命，立即从奥林波斯圣山飞降到希腊人的军营。她见奥德修斯正站在自己的战船前，既没有阻止奔逃的士兵，也没有上船的意思，于是现出原形，对他说：“你们真的想就这么离开吗？你们真的打算把荣誉留给普里阿摩斯，把海伦留给特洛伊人？奥德修斯，别犹豫了，我答应保护你，快去阻止他们吧！”

奥德修斯听了智慧女神雅典娜的话，立即朝乱成一团的人群走去。每遇到一个国王或贵族，他就说：“怎么，你也要像懦夫一样逃跑吗？你忘了阿伽门农给你的任务了吗？镇定，一定要镇定，然后叫士兵们也安静下来！”而遇到士兵们吵吵嚷嚷着说要回家时，他便挥起他的权杖抽打着他们，粗暴地骂道：“混蛋，别乱跑，回到你们该待的地方去！”

在奥德修斯的努力下，骚动的人群终于慢慢安静下来，士兵们被赶回到营地前的广场上。这时，仍有一个人在喋喋不休地说着话。这人叫忒耳西忒斯，是到特洛伊来的希腊人中最丑的一个。他一贯对国王和王子们不满，常常说他们的坏话。这一回，他说到了统帅阿伽门农头上。

“阿伽门农，你还有什么可抱怨的？”忒耳西忒斯尖着嗓门说，“你的营帐里不是装满了金银财宝和美女吗？你在这里多快活啊！我们落到了什么？我们向谁抱怨去？你就让我们回家去算了，留你一个人在这儿继续聚敛战利品吧！”说着他又说起了阿喀琉斯，“没胆量的家伙，战利品被强占了还能忍！否则的话，暴君早就没命了吧？”

奥德修斯走到他面前，举起权杖狠狠地打在他背上，大声骂道：“你这个混蛋，要是再让我听到你胡说八道，看我不剥光你的衣服，把你打个半死！”忒耳西忒斯被打得缩在地上哭爹叫娘。士兵们瞧着这一幕，像看耍猴一样，开怀大笑起来，全然忘了自己刚才可能也存了这个心思。

看着安静下来的人群，奥德修斯跳上一座高台，说道：“朋友们，你们还记得当初我们出发时的预兆吗？那时我们正在举行百牲大祭，一条巨蛇从祭坛下钻出来，爬上树吃掉了鸟窝里的八只小鸟，母鸟来驱赶巨蛇，却被巨蛇一口咬住吃掉了。还记得预言家卡尔卡斯是怎么说的吗？他说这是宙斯给我们的指示，九只鸟表示我们要在特洛伊战斗九年，到第十年才能征服这座城池。现在，战争已经过去了九年，卡尔卡斯的预言即将应验！最终的胜利已经近在眼前了，你们有什么理由放弃呢？所以，留下来吧，勇士们！直到我们攻破普里阿摩斯国王的王城！”

希腊人不由得发出一阵欢呼，顿时热血沸腾起来。

这时，聪明的涅斯托耳也故意大声向阿伽门农建议：“我们应该让那些思念家乡的懦夫上船回家，剩下的事情就交给英雄们来完成吧！这样我们就可以知道，妨碍我们取胜的究竟是神的意志，还是我们太过胆小！”

阿伽门农非常高兴，对着士兵们说：“如果我们这里有十个像涅斯托耳这样的人，特洛伊早就被夷为平地了！我承认，我为了一个女人和阿喀琉斯闹矛盾，这是非常愚蠢的，我想这是宙斯蒙蔽了我。为了特洛伊的灭亡，我会跟他和解。现在，就让我们饱餐一顿，然后跟特洛伊人决一死战！要是有人害怕战斗，偷奸耍滑，我会把他剁碎了喂狗！”

士兵们欢声雷动，斗志昂扬地回营房烧火做饭。不一时饭毕，希腊人列好阵势，开始向特洛伊城进发。

这时，特洛伊城下烟尘飞扬，原来特洛伊人也开始前进了。

两支军队逼近，战斗即将开始。这时，特洛伊王子帕里斯从队伍中跳了出来。他背上背着硬弓，手中挥舞着长矛，要向希腊最勇敢的人单独挑战。墨涅拉俄斯一看是这个抢了他妻子的家伙，立即跳下战车，扑过来准备收拾他。

帕里斯看到对手杀气腾腾，不由得一阵心虚，又退回到队伍里。他哥哥赫克托耳见他临阵退缩，顿时气得大叫："帕里斯，难道你除了拐骗女人，就没有别的本事了吗?"帕里斯只好硬着头皮回答说："哥哥，我愿意为了海伦和墨涅拉俄斯决斗，谁赢了，谁就带着海伦和她的财物回去。但是，我们必须跟希腊人订一个条约，这样就不怕他们反悔了。总之，不管结果如何，特洛伊都可以重新获得和平，希腊人也可以扬帆启航，回他们的家乡去。"

赫克托耳听了他弟弟的话，大感意外，不过他还是高兴地驾着战车来到队伍最前面，让特洛伊人暂且停下，然后大声地向希腊人通报了他弟弟帕里斯的建议。

听完这个建议，希腊人一齐把目光转向了墨涅拉俄斯。墨涅拉俄斯想了想，说："这场战争是帕里斯挑起的，双方为此受尽了苦难，我同意与他决斗，结束这一场劫难。现在就让我们献祭、立誓，然后拼个你死我活吧!"

双方士兵听了这话都很高兴，他们早就希望结束这一场战争了。

于是，赫克托耳派人回城取来献祭用的绵羊，同时请国王普里阿摩斯观战。阿伽门农也派人回营地牵来一只活羊。

决斗的消息很快传到特洛伊城。海伦正在织布机前织一件袍子，听说她的两任丈夫即将上阵决战，心里一时五味杂陈，有对帕里斯的担忧，也有对故乡的眷恋，对墨涅拉俄斯和朋友们的怀念。她马上停下手里的活儿，戴上面纱来到城墙上。

献祭开始了。双方代表抬上祭品，祈求万神之王宙斯为盟约作证，同时立誓，如有人违背誓言，那么他和他子孙的血将像杯中的酒一样洒在地上。做完这一切，赫克托耳和奥德修斯抽签决定哪一方先掷长矛。结果，帕里斯获得了先出手的机会。

帕里斯和墨涅拉俄斯全副武装地来到决斗场上，在各自的位置站定。按照抽签的结果，帕里斯先投矛。他瞄准墨涅拉俄斯，猛地掷出手中的长矛。结果，长矛撞上墨涅拉俄斯的盾牌，墨涅拉俄斯安然无恙。

轮到墨涅拉俄斯投矛了，他举起长矛，祈祷道："万能的宙斯，请允许我惩罚侮辱我的人！"说着，他投出了长矛。这一枪力度极大，不仅刺透了帕里斯的盾牌，还穿过盔甲，差一点儿就刺伤了他。帕里斯被撞得倒在地上，墨涅拉俄斯迫不及待地拔出宝剑，冲上前去朝帕里斯头上砍去。只听"当"的一声，宝剑磕在头盔上断成两截。

墨涅拉俄斯气得大叫一声，丢了断剑，扑过去抓住帕里斯的头盔就把他往回拖。头盔的皮带子勒着帕

阿佛洛狄忒救下帕里斯

里斯的脖子，差点儿没把他勒死。爱情女神阿佛洛狄忒见势不妙，暗中割断了带子，帕里斯这才捡回一条命。

带子一断，墨涅拉俄斯手里就只剩下一只空空的头盔。他把头盔一扔，又要去抓帕里斯。爱情女神阿佛洛狄忒连忙降下一片浓雾，遮住了帕里斯，趁机把他带回特洛伊城。

帕里斯就这么消失了，特洛伊人和希腊人都不知道他去了哪里。于是，阿伽门农宣布："大家都看到了，帕里斯被打倒在地，所以，墨涅拉俄斯是胜利者！现在，特洛伊人，请你们交出海伦和她的财物，从此永远向希腊人称臣纳贡！"

希腊人都欢呼起来，特洛伊人却默不作声。

在高高的奥林波斯圣山上，神祇们密切关注着战场上的情况。

眼见着这一场大战似乎就此结束，天后赫拉和智慧女神雅典娜觉得不解恨。她们想报复的特洛伊人还好好的，就此结束太便宜他们了。于是，天后赫拉请求宙斯，派雅典娜立刻去特洛伊战场，怂恿特洛伊人破坏誓约。宙斯虽然不太情愿，还是答应了。

智慧女神雅典娜变成特洛伊人的样子，找到率军从吕喀亚赶来支援特洛伊人的潘达罗斯。潘达罗斯是特洛伊第一神箭手，光明之神阿波罗曾将自己的弓箭赠给他，所以他向来十分高傲。雅典娜觉得这样的人非常容易被利用，她拍了拍他的肩膀，说："听着，潘达罗斯，现在正是你建功立业的时候。看到那边站着的墨涅拉俄斯了吗？瞧他那得意劲儿！如果你一箭把他射死，特洛伊人会永远感激你的！怎么，你不会是不敢吧！”

雅典娜这一番连哄带骗的话，竟然说得潘达罗斯动了心。他想也没想这时候放冷箭会是什么后果，拿起弓，抽出一支利箭，“嗖”的一声就朝墨涅拉俄斯射去。雅典娜达到了目的，立即尾随这支箭而去，让它在空中稍稍偏了点准头，贴着墨涅拉俄斯的腰带飞过去。饶是如此，利箭仍然穿透铠甲，划破了皮肉，伤口里顿时涌出了鲜血。

阿伽门农大叫道：“卑鄙的特洛伊人违背了誓约！”希腊士兵闻言，眼睛里顿时射出愤怒的目光。

雅典娜成功地煽起了希腊人的怒火。

这时，特洛伊士兵趁着这短暂的混乱，列队冲了过来。希腊人急忙拿起武器抵抗。这一场酝酿已久的大战，终于爆发了。

七、第一次大战

两军一接触，便激烈地厮杀起来。

一时间，盾牌撞击，长矛交错，战场上马嘶人喊，杀声震天。特洛伊人埃刻波罗斯第一个杀入敌阵，不料被涅斯托耳的儿子安提罗科斯用矛刺中前额，成为第一个阵亡的特洛伊英雄。希腊王子埃勒弗诺阿想剥下他的盔甲，不提防被特洛伊人阿革诺耳刺中腰部，顿时倒在血泊中。

战斗越来越激烈，双方不停有人倒下。天上的神祇也加入混战，智慧女神雅典娜鼓励希腊人奋勇向前，赐予他们力量，光明之神阿波罗则站在特洛伊人这边，激励他们不要放弃阵地。

此外，火神赫淮斯托斯、战神阿瑞斯、爱情女神阿佛洛狄忒也都参与到战争中。火神赫淮斯托斯是不想让他的祭司的两个儿子都死在战场上；爱情女神阿佛洛狄忒曾答应过要帮助特洛伊人，她儿子埃涅阿斯也在特洛伊人这边参战，她当然不能坐视不理；战神阿瑞斯是爱情女神阿佛洛狄忒的哥哥，他自然是要帮她的。

因为金苹果的事，智慧女神雅典娜对爱情女神阿佛洛狄忒非常不满。这时，她赐给希腊英雄狄俄墨得斯力量和勇气，并使他能够看出战场上谁是凡人，谁是神祇。雅典娜叮嘱狄俄墨得斯，如果碰见阿佛洛狄忒，一定不要放过她。

战斗中，狄俄墨得斯用巨石砸断了埃涅阿斯的腿，埃涅阿斯痛得跌倒在地。爱情女神阿佛洛狄忒赶过来救儿子，想要带他离开战场。狄俄墨得斯认出了她，追上去用长矛投掷爱情女神，这一枪刺破了她的手腕。

受伤的阿佛洛狄忒来到奥林波斯圣山，向母亲狄俄涅哭诉。狄俄涅领着她去见宙斯，没想到宙斯却说：“你还是去管婚事吧，厮杀的事就留给战神好了！”不仅如此，她还遭到天后赫拉的一通嘲笑。

这边厢，狄俄墨得斯还想对埃涅阿斯下手。光明之神阿波罗神一直用盾牌护住受伤的埃涅阿斯。当狄俄墨得斯第四次冲过来时，阿波罗终于怒了，朝他大喝一声：“你这凡人，竟敢跟神祇对抗！”

狄俄墨得斯被吓退，阿波罗趁机将埃涅阿斯带到他在特洛伊的神庙，交给他母亲暗夜女神勒托和他姐姐狩猎女神阿耳忒弥斯照料。然后，阿波罗吩咐战神阿瑞斯，要把胆敢与神祇作对的狂徒狄俄墨得斯清除掉。于是，战神阿瑞斯变成色雷斯人阿卡玛斯的样子，来到特洛伊王子们面前，斥责他们说：“王子们，你们打算让那个希腊人杀戮到何时呢？难道你们想让战线逼近到特洛伊城下吗？”

阿卡玛斯是色雷斯人的领袖，在这场战争中，他帮助特洛伊人作战，十分勇猛。赫克托耳被这番谴责震动了，挥舞着长矛跳下战车，带领士兵们一起朝希腊人冲去，他的几个兄弟也跟着向敌人冲击。这时，阿波罗让埃涅阿斯的腿复原，把他重新送上战场。特洛伊人更是大受鼓舞。

当狄俄墨得斯看到战神跟着赫克托耳一起冲过来时，大吃一惊，对士兵们大喊道：“不要跟赫克托耳硬拼，他身边有神祇护卫！”正说着，赫克托耳冲过来，砍翻了一辆战车上的两个人。

特洛伊人越战越勇，迫使希腊人渐渐后退，一直退到海边的战船上。这一会儿的工夫，赫克托耳一个人杀死了六个希腊英雄。

当天后赫拉在奥林波斯圣山上看到特洛伊人将希腊人杀得丢盔弃甲时，不由得心急如焚。她对宙斯说：“你儿子阿瑞斯违背你的命令，大肆屠杀希腊人，难道你不感到愤怒吗？阿佛洛狄忒和阿波罗唆使战神阿瑞斯作恶，你没看到他们有多得意吗？现在，请允许我去狠狠教训这个家伙，让他赶快离开战场！”

宙斯回答说：“既然如此，那就让雅典娜和他对阵吧，她知道怎样对付他。”

两位女神迅速降临战场，她们看到一群士兵正把狄俄墨得斯护在中间。赫拉变成斯屯托耳的样子，大声喝道：“希腊人，难道只有阿喀琉斯在战场上冲锋时，你们才能战胜敌人吗？”斯屯托耳是希腊人中著名的大嗓门，声音洪亮，一人可抵五十人。希腊人听到这声责骂，顿时羞愧无比。

雅典娜则直接来到狄俄墨得斯面前。狄俄墨得斯在战斗中被特洛伊的神箭手潘达罗斯用箭射伤，汗水使他的伤口阵阵发痛。雅典娜说：“你今天得到了我的保护和援助，但是我搞不清楚你到底是怎么一回事，怎么害怕成这个样子呢？”狄俄墨得斯认出了眼前的女神，回答说：“尊敬的女神，我后退既不是因为害怕，也不是因为无力，而是战神阿瑞斯在率领特洛伊人作战，我毫无还手之力，只能退到这里。”

雅典娜说：“好吧，从现在起你不用再害怕阿瑞斯，我会做你坚强的后盾。来吧，驾起战车，向战神冲锋！”

狄俄墨得斯立即跳上战车，朝着战神阿瑞斯直扑过去。智慧女神雅典娜则把自己隐藏在浓雾里，一路跟着战车。战神阿瑞斯刚刚刺倒了一个希腊人，见狄俄墨得斯向他冲了过来，便提起长矛，瞄准狄俄墨得斯的胸膛掷了过来。雅典娜悄悄伸出手拨动长矛，让它偏向一边。待狄俄墨得斯投出长矛时，雅典娜却让它刺中阿瑞斯的小腹。

战神阿瑞斯受伤，痛得大吼一声，把战场上的特洛伊人和希腊人吓得毛骨悚然，他们还以为听到了宙斯的雷声。

阿瑞斯捂着伤口，恨恨地飞到奥林波斯圣山，向父亲宙斯投诉雅典娜。宙斯却阴沉着脸说：“我的儿子，你有什么可抱怨的！你总是喜欢战争、搏斗，这怪得了谁呢？好了，赶紧去治疗你的伤吧。”

因为战神阿瑞斯的退出，战场上形势很快逆转。埃阿斯首先冲入特洛伊人的阵地，用长矛刺死了色雷斯人阿卡玛斯。接着，狄俄墨得斯杀死了阿克绪罗斯，奥德修斯杀死了特洛伊英雄庇底狄斯，阿伽门农杀死了埃拉托斯。

特洛伊人阿达斯特洛斯在撤退中马失前蹄，摔倒在地上，被墨涅拉俄斯活捉。阿达斯特洛斯苦苦哀求墨涅拉俄斯放他一条生路，情愿出一大笔赎金。墨涅拉俄斯心软了，正要答应，阿伽门农却用长矛刺死了阿达斯特洛斯，并斥责他的弟弟说：“你怎么可以对敌人发慈悲？特洛伊人一个也不能逃脱我们的惩罚，哪怕是吃奶的婴儿也不行！”

特洛伊人边战边退，试图逃回城里。这时，国王普里阿摩斯的儿子，预言家赫勒诺斯对赫克托耳和埃涅阿斯说：“千万不能让士兵们退回城里，这样我们背水一战，还有可能挡住希腊人——埃涅阿斯，这是你的任务。而赫克托耳，你应该立即回城里去请我们的母后动员贵妇人向雅典娜献祭，请她怜悯特洛伊的妇女孩子，帮助我们抵抗这个可怕的狄俄墨得斯。”

赫克托耳闻言，立即赶回特洛伊城，请求他母亲去办献祭的事。王后赫卡柏按照儿子所说的，带领贵妇人们给雅典娜献祭了十二头肥壮的母牛，诚挚地祈祷雅典娜能庇佑特洛伊人。但是她们不知道，智慧女神雅典娜毫不犹豫地拒绝了献祭。

返回战场的途中，赫克托耳路过帕里斯的宫殿，他看到他弟弟帕里斯正在修理武器，海伦则坐在侍女们中间，做着家常活儿。赫克托耳忍不住对他弟弟说：“帕里斯，现在这么多人因为你的事在城外拼命，你倒好，竟然坐在这里过小日子！赶紧来吧，在敌人还没有攻进来之前，帮我们去守城池！”

帕里斯说：“哥哥放心，你先走一步，我随后就来！”

赫克托耳转身走了，又去看了他的妻子和儿子，跟他们道别。这时，帕里斯带着擦得锃亮的武器，赶上了他哥哥。“对不起，让你久等了！”帕里斯大声说。赫克托耳看着他，亲切地说：“好兄弟，我不能不说你是一个勇敢的人，尽管你常常落后。好吧，等到我们把希腊人赶出特洛伊，庆祝胜利时再来谈论这件事吧！”说着，兄弟俩朝战场走去。

智慧女神雅典娜在天上瞧见这一幕，立即降临特洛伊城。不料，她却遇到了光明之神阿波罗。“怎么，”阿波罗问她，“你还是想让特洛伊人失败？我看不如这样，如果你和赫拉不甘心，一定要让特洛伊城变成废墟，那也别放在今天，让他们下次再打吧！”

雅典娜说：“我也正有此意，可是，今天怎样才能让他们罢手呢？”

阿波罗说：“这个简单，让赫克托耳单独向希腊人挑战就可以了。”

预言家赫勒诺斯听到两位神祇的谈话，急忙找到赫克托耳，对他说：“赫克托耳，我建议你单独向希腊人挑战，这样今天双方就能停战。你不用担心，这是阿波罗的意思，对你一点儿危险都没有。”

赫克托耳听了这话非常高兴，手执长矛来到阵前。双方士兵看到他的这个举动，都停止了战斗。赫克托耳大声说：“双方的士兵们，我们不久前订立的誓约没有得到宙斯的认同，他让我们兵戎相见，我非常遗憾。现在，我建议双方暂且停战，换作个人决斗，如何？全希腊最勇敢的英雄都在这里，如果谁有胆量单独跟我作战，请站出来！”

在勇猛的赫克托耳面前，希腊英雄们犹豫了。拒绝挑战是耻辱，可接受挑战谁心里都没谱。正在左右为难时，墨涅拉俄斯站出来说：“我们这么多人，居然没有一个人敢跟赫克托耳决斗，真让人笑掉大牙。既然这样，我去吧，就让上天决定我的命运！”说着他就要往外走。阿伽门农一把抓住他说：“你疯了吗？要知道，连阿喀琉斯在战场上碰到他也不敢掉以轻心！”这话说得墨涅拉俄斯也犹豫起来，迈出去的腿又收了回来。

这时，皮洛斯国王涅斯托耳看不下去了，对着希腊众英雄说：“如果我还年轻，赫克托耳马上就会找到他的对手的！”他的话刚说完，一下子站出来九个人，表示愿意接受挑战，有阿伽门农、狄俄墨得斯、埃阿斯，以及奥德修斯等人。他们抽签决定由谁来应战，结果忒拉蒙的儿子埃阿斯中签。

埃阿斯束紧铠甲，挥舞着粗大的长矛，威风凛凛地走向战场，好像战神一样，连赫克托耳都感到心惊肉跳。但这场决斗是他挑起来的，他不能后退。埃阿斯在决斗场上站定，对赫克托耳说：“这下你应该知道，希腊人中除了阿喀琉斯，还有别的英雄！废话不多说，我们开始吧！”

赫克托耳说：“我敬你是一位好汉，我不会使用诡计，就看看我的长矛能否击中你！”说着他投出长矛，击中埃阿斯的盾牌，刺穿了六层牛皮。轮到埃阿斯投了，他的长矛急速掠过，刺穿了赫克托耳的盾牌，要不是赫克托耳闪得快，肚子上一定会扎个窟窿。

两人抓起长矛，开始对刺。赫克托耳的长矛被埃阿斯的盾牌挡住，枪尖折弯；埃阿斯则刺透了赫克托耳的盾牌，划破了他的脖子。赫克托耳退了两步，抓起一块石头朝埃阿斯掷去，被埃阿斯拿盾牌挡住。埃阿斯也从地上捡起石头砸赫克托耳，打伤了他的膝盖。两人又拔出剑来，冲向对方。

这时，双方的使者冲上来拿木棍隔开了激烈打斗的两个人。“我们大家看到了，你们俩都是勇敢的人！现在天色已晚，就暂且停战吧！”他们说。

斗得筋疲力尽的两个人同意了，他们都对对手非常敬佩。赫克托耳把宝剑赠给埃阿斯，埃阿斯则解下他的紫金腰带送给赫克托耳。

第一天的大战结束了。

八、第二次大战

当晚，特洛伊人在王宫内举行会议。参会的人都对战局感到茫然和惶惑。

特洛伊长老安忒诺尔说：“眼下，潘达罗斯破坏了双方的誓约，我们已经失信了。继续打下去，对我们没有什么好处。因此，我建议把海伦和她的财物还给希腊人。”

帕里斯却表示不同意：“我从希腊带回来的财物可以退还给他们，如果他们要求补偿的话，我可以从自己的财产中再拿一些给他们。但是，我决不会把海伦交出去！”

国王普里阿摩斯叹了口气，说：“今天就不讨论这些事了，大家好好休息一下吧。明天我会派伊特俄斯到希腊人那里去，跟他们商量休战一天，让我们把死者火化掉。顺便看看能不能达成一个停战协议，不行的话再重新开战。”

第二天，伊特俄斯以使者的身份来到希腊人的营地，转达了帕里斯王子的建议，并请求休战一天。希腊英雄们听了他的话，意有所动。但是，狄俄墨得斯打消了他们和解的念头。狄俄墨得斯说：“朋友们，别光想着财宝。你们难道没有从特洛伊人的建议中看出点什么？这说明他们已经预感到灭亡的威胁了啊！”

希腊人都为这话欢欣鼓舞。于是，阿伽门农对特洛伊使者伊特俄斯说：“对于和解，你已经亲耳听到了，这就是我们的答复。至于休战一天，我完全同意，我们应该给你们时间去火化阵亡者。”

伊特俄斯回去以后，双方趁着休战，都忙着收殓、火化阵亡的士兵，一天很快过去了。

第三天一早，宙斯突然改变了主意，他对众神说：“你们听着，今天要是有谁胆敢参与战争，去帮助特洛伊人或者希腊人，我就把他打入塔耳塔洛斯地狱，让他永世不得翻身。如果你们不信的话，可以去试一试！”

诸神听了这话，吃了一惊，不知道宙斯葫芦里卖的什么药。宙斯却不理会他们，驾着他的雷霆金车，前往艾达山去了，那里有他的圣林和祭坛。宙斯坐在高高的艾达山山顶上，俯视下方的特洛伊城和希腊人的营地。

双方的士兵正在忙碌着，准备投入战斗。特洛伊人数量虽不如对手多，可士气高昂。他们明白，胜败在此一役，这一仗只有打赢，才能保住家人的性命。不久，战斗开始，双方打得难解难分。到了中午时分，宙斯将两个死亡筹码放在黄金天平上称，希腊人这一边重，朝下倾斜，特洛伊人那一边被压得向上抬起。宙斯立即发出一道闪电劈向希腊人。

战场上，希腊英雄们被这突如其来的霹雳吓了一跳，他们沮丧地意识到，神祇要阻止他们取胜了。奥德修斯、阿伽门农，甚至连埃阿斯都灰心了，只有年迈的涅斯托耳仍在奋战。特洛伊人却大受鼓舞，奋力冲锋。帕里斯一箭射中涅斯托耳的马，战车翻倒在地。要不是狄俄墨得斯及时赶来把他拉上自己的战车，涅斯托耳早死在了赫克托耳的长矛之下。

狄俄墨得斯让涅斯托耳帮他驾车，挥枪来战赫克托耳。宙斯见状，连忙朝狄俄墨得斯的车前扔了一道闪电。宙斯知道，赫克托耳如果跟狄俄墨得斯较量，一定会丧命，他一死，特洛伊城必定守不住。宙斯不想看到这事发生，才不得不出手。

这声惊雷吓得涅斯托耳手里的缰绳都掉了，他大声喊道："狄俄墨得斯，快逃！你没看到宙斯不想让你今天取胜吗？"狄俄墨得斯回答说："你说得对，可是，一想到赫克托耳将会到处吹嘘说我在他面前吓得逃走了，我就不甘心！”

果然，当涅斯托耳掉转马头准备逃走时，赫克托耳追上来大声喊道：“狄俄墨得斯，不是说希腊人对你推崇备至吗，怎么现在变成了一个胆小鬼？看来，攻占特洛伊的希腊英雄中一定没有你了！”

听到这种刻薄的嘲讽，狄俄墨得斯多想回去跟赫克托耳决一死战，可宙斯一连三次扔下霹雳。狄俄墨得斯最终还是胆怯了，掉头便跑。

特洛伊人乘胜追击，一直将希腊人赶回营地。很多希腊士兵爬上战船，准备见势不妙就开船逃跑。阿伽门农登上大船，对着惊慌失措的希腊人喊道：“可耻啊，赫克托耳一个人就把我们打败了！你们的勇气哪儿去了？难道就这么等着他来焚烧我们的战船，把我们统统赶到海里喂鱼吗？”说着，阿伽门农不禁声泪俱下。

看到这一幕，宙斯怜悯起希腊人来。他放出一头雄鹰，让它抓着一只鹿飞到希腊人的营地上空，把猎物丢在宙斯的神坛前。这是一个吉兆，希腊人受到鼓舞，重又聚集起来，顽强地抵抗蜂拥而来的特洛伊人。狄俄墨得斯身先士卒冲在前面，刺死了特洛伊人阿革拉俄斯，阿伽门农和墨涅拉俄斯紧随其后，接着是埃阿斯、伊多墨纽斯、迈里俄纳斯和欧律皮罗斯等人。他们的勇猛反击，让特洛伊人顿时损失了不少人。

眼见希腊人占了上风，宙斯又为特洛伊人加了把油。特洛伊人士气为之一振，在赫克托耳的带领下，压制住了希腊人的气势，复又把他们打得四处奔逃。

天后赫拉和智慧女神雅典娜一直也在关注着战局。赫拉说："希腊人危险了，你瞧，赫克托耳正在疯狂地屠杀他们！难道我们就这样坐视不管吗？"雅典娜说："是啊，我的父亲太残忍了！谁让现在是忒提斯的撒娇赢得了他的欢心呢？但不管怎样，我还是去劝劝父亲吧！"

宙斯预料到雅典娜会来找他求情，心里很恼火，便命令彩虹女神伊里斯阻止两人，不准她们穿过奥林波斯圣山的大门。随即，宙斯驾着雷霆金车回到奥林波斯山，向赫拉和雅典娜宣布："明天特洛伊人将会取得更大的胜利，赫克托耳会把希腊人一直赶到船上，希腊人只有请出受尽侮辱的阿喀琉斯，才能扭转局势，这就是命运女神的安排！"

天黑了，双方结束了这天的战斗。

特洛伊人大获全胜，士气高涨。赫克托耳决定在战场上宿营，士兵们衣不解甲，轮流吃饭，马匹也没有卸下鞍具，只等着天一亮就再战一场，一鼓作气把希腊人歼灭。

希腊人这边，却是一片哀叹之声。士兵们还没有从恐惧中恢复过来，将领们也是神情沮丧。这时，阿伽门农又悄悄地召集国王和王子们开会。阿伽门农说："朋友们，看来我们命中注定是不能征服特洛伊了。既然如此，我们不如趁现在还没有全输，带上战利品返回希腊算了！”

听了这话，英雄们沉默着，只有狄俄墨得斯激烈地反对：“阿伽门农，今天你不是还当着希腊人的面嘲笑我们没有勇气和胆量吗？怎么现在你也没了胆量！好吧，如果你愿意回去，尽管请便。我和我的朋友斯忒涅罗斯一定会留下来，直到摧毁普里阿摩斯的王宫为止！”他话音刚落，大伙儿便大声喝起彩来。

涅斯托耳对狄俄墨得斯说：“虽然你年纪只跟我儿子差不多，但你说的话却很理智！”说着他又转头看着阿伽门农：“阿伽门农，你的营帐里有的是美酒，拿出来让我们开怀畅饮吧，说不定我们可以提出最好的建议。”

于是，阿伽门农拿出酒，国王和王子们欢饮起来。涅斯托耳说：“你们都忘了一个人，阿喀琉斯！阿伽门农，那天的事情你当然不会忘记。我觉得现在是时候重新考虑了，我们必须把这位受了委屈的英雄请回来。”

“你说得对，这是我的错。”阿伽门农说，“只要他同意和解，我愿意归还美丽的勃里撒厄斯，并给他加倍赔偿——十泰伦特黄金、七只铜三脚祭鼎、二十口饮鼎、十二匹骏马，外加七个从勒斯波岛抢来的姑娘。等我们征服了特洛伊，我会让他的战船装满金银财宝，除了海伦以外，他可以在特洛伊挑选二十个最漂亮的女人。待我们回到希腊，我愿意把我的一个女儿嫁给他为妻，并送七座城市陪嫁。”

大家都觉得这份礼物不薄，于是商定由福尼克斯、埃阿斯、奥德修斯、荷迪奥斯和欧律巴特斯五人去请阿喀琉斯。福尼克斯是阿喀琉斯的老师和老朋友，他们希望他能劝说阿喀琉斯回心转意。

五人来到阿喀琉斯的船队，阿喀琉斯正在弹竖琴，他的朋友帕特洛克罗斯坐在对面看他弹唱。阿喀琉斯热情地招待了这些曾经的战友，但当他们说明来意时，他拒绝和解，并说：“你们回去吧，把我的意思转告阿伽门农。明天我们就准备乘船返航，他已经欺骗过我一次，我不会再第二次上他的当了！”

九、英雄陨落

次日清早，双方又开始了厮杀。宙斯仍在艾达山上观看战局。

特洛伊人挟昨日大胜的余威，将希腊人打得苦不堪言。阿伽门农、狄俄墨得斯、奥德修斯先后受伤，退回船上。埃阿斯则不敢正面与赫克托耳交锋，他看到赫克托耳逼近，便背起盾牌，朝战船撤去。

很快，特洛伊人越过希腊人修建的战壕，突破围墙，冲进了营地。希腊人纷纷朝战船奔逃。

天后赫拉看到希腊人马上就要被赶到大海里，非常震惊，就请来睡神使宙斯睡着，然后又请海神波塞冬援助希腊人，希腊人这才获得了一丝喘息的机会，开始反击。随即，埃阿斯用巨石砸伤了赫克托耳，特洛伊人不得不掩护着他们的主帅撤退。希腊人看到赫克托耳逃走，勇气倍增，乘胜追击。混乱中，特洛伊人退出战壕，四散溃逃。

这时，宙斯醒了过来，他看到战场上特洛伊人在逃跑，希腊人在追击，他的兄弟波塞冬在帮助希腊人，而赫克托耳受了重伤，大口地吐着鲜血。宙斯的脸色顿时阴沉下来。“你又干了些什么呀？”他对赫拉说，“难道你忘了当年被吊在空中示众的事了？你还想再受一次这样的惩罚吗？”

赫拉默不作声，过了一会儿才说：“波塞冬并不是因为我的命令才去帮助希腊人的，如果我知道这事，一定会劝他服从你的命令的。”宙斯听了这话，脸色好了一点儿，说：“既然如此，你去给波塞冬捎信，让他离开战场。还有，叫阿波罗快去援助赫克托耳！”

赫拉心中暗暗叫苦，却不得不离开艾达山，前往奥林波斯圣山传令。阿波罗闻讯急忙离去。波塞冬听到他哥哥的命令，心里尽管很不高兴，但还是转身跃入大海，回他的宫殿去了。

阿波罗来到特洛伊人的阵地，治好了赫克托耳的伤，然后挥舞着宝剑，亲自开路。赫克托耳知道宙斯这会儿是偏向自己的，马上跳起来，跃上战车，带领着士兵们向前冲去。希腊人见赫克托耳又像天神一般回到了战场，顿时吓得呆住了。

不一会儿，特洛伊人抢回了战场的主动权，将希腊人又赶到海边。希腊人不得不逃上战船，在甲板上抵御对手。

宙斯耐心等待着，他要等一艘希腊战船被点燃，这才改变战局，把溃退的命运降临到特洛伊人头上，把胜利重新赐给希腊人。

这时，特洛伊人攻上了一艘战船。这是帕洛特西拉俄斯当年来特洛伊时乘坐的大船，可他在这场战争中第一个丧生。特洛伊人蜂拥而上，希腊人拼死抵抗，短兵相接，大家挥舞着刀剑拼杀，地上血流成河。

帕特洛克罗斯看着战船上激烈的战斗，听到希腊士兵疲惫的呐喊声，不禁为他们的顽强和悲惨的命运而心痛。他泪流满面地去找他的朋友阿喀琉斯，阿喀琉斯却说："你干吗哭得像个小姑娘，难道你家里有什么人死了吗？如果你是为希腊人的命运悲叹，赶紧打住！我告诉你，他们完全是自己找的！"

帕特洛克罗斯说："现在形势很不妙，狄俄墨得斯、奥德修斯和阿伽门农都受了伤，欧律帕洛斯也被箭射中大腿，不能参战，而你又不愿和解。我总不能眼睁睁地看着他们送死吧？要不这样，把你的盔甲借给我穿一下，我去吓一吓特洛伊人，让他们以为是你出战了，也许能给希腊人争取一点重整队伍的时间。"

阿喀琉斯同意了："你可以穿上我的盔甲，率领我的士兵前去作战，不过，我希望你把特洛伊人从战船上赶走后马上回来。就让他们去厮杀吧，所有的希腊人都死光才好，最后有我们两个人去征服特洛伊城就行了！”

他们正说着，战船上的争夺接近了尾声。希腊人绝望地后退了，特洛伊人趁机往船上扔了一个火把。不一会儿，船上就燃起了熊熊的火焰。阿喀琉斯看到外面火光冲天，赶紧叫道：“帕特洛克罗斯，快去，别让特洛伊人毁掉我们的战船！”

帕特洛克罗斯急忙穿上阿喀琉斯的盔甲，率领士兵冲向战场。特洛伊人以为是阿喀琉斯来了，顿时阵容大乱，丢下只烧了一半的战船，向营地外逃去。

帕特洛克罗斯一路追击，如入无人之境，先后杀死萨耳佩冬、刻勃里俄纳斯等九名特洛伊英雄，一直将特洛伊人追到特洛伊城墙下。如果不是阿波罗暗中保护特洛伊人，说不定帕特洛克罗斯能一鼓作气把特洛伊城给破了。

被帕特洛克罗斯杀死的吕喀亚国王萨耳佩冬是宙斯的儿子，宙斯本想救他，赫拉却讥讽说：“你想拯救一个早就注定要死的人吗？你不妨想想，如果所有的神都把自己的儿子拖出战场，那会怎样？所以，你还是让他死在战场上为好。”宙斯默然。

萨耳佩冬死后，宙斯决定让帕特洛克罗斯战死，但是死之前他会先获得一些胜利。所以，当帕特洛克罗斯又接连杀死二十七名特洛伊士兵后，死神悄悄来到了他身边。特洛伊英雄欧福耳玻斯从背后刺了他一枪，枪尖透胸而过。赫克托耳又从前面补了一枪，刺进帕特洛克罗斯的腹部。

帕特洛克罗斯阵亡的噩耗传回希腊人的营地时，阿喀琉斯眼前不由得一阵发黑。他扑倒在地上，悲痛地放声大哭，连大海深处的忒提斯也听到了他的号啕声。

海洋女神忒提斯分开波涛，来到阿喀琉斯身边，怜悯地问道："我的儿子，你为什么悲伤呢？希腊人不是已经向你道歉，希望能得到你的谅解吗？"阿喀琉斯叹息道："母亲，这一切对我还有什么意义呢？我的朋友帕特洛克罗斯被特洛伊人杀死了，赫克托耳还剥下他身上的盔甲——那是诸神在你和我父亲结婚时送给我父亲的礼物。如果不能为帕特洛克罗斯报仇，我的心永远不能安宁！"

忒提斯听了这话，连忙摇头说："儿子，赶紧丢开这个念头，因为命运女神早已规定，赫克托耳一死，你的末日也就到了。"

阿喀琉斯愤怒地叫道："如果真是这样，我宁愿马上去死！现在我豁出去了，我要立即去找杀害我朋友的人拼命，亲爱的母亲，请别阻拦我！"

忒提斯无奈地说："既然如此，我不拦你。但是你现在没有盔甲，怎么战斗？我马上去请火神赫淮斯托斯为你打造一副新盔甲，明天早晨日出时分就给你送来。你要记住，在我回来以前，千万不要去找特洛伊人。"

说完，忒提斯就飞到奥林波斯圣山，去找火神赫淮斯托斯。

第二天天刚亮，忒提斯带着火神连夜打造的新盔甲来到希腊人的营地，把它交给阿喀琉斯。

这副新盔甲坚固又精致，阿喀琉斯非常喜欢。他把新盔甲穿在身上，然后大步走上营地前的高台，呼喊希腊人集合。士兵们看到阿喀琉斯，都拥了过来。受伤的狄俄墨得斯、奥德修斯、阿伽门农，也一瘸一拐地走了出来。

阿喀琉斯见人已到齐，朗声说道："阿伽门农，尽管我心里还很憋屈，但是我决定忘掉过去那些不愉快。现在，让我们去跟特洛伊人决一死战吧！"阿伽门农听了这话，也站起来说："阿喀琉斯，我为过去无礼的事情向你赔罪，并愿意作出补偿。如果你同意的话，我现在就把许诺给你的礼物都搬来。"

阿喀琉斯却等不及了："尊敬的大统帅，那些礼物给不给由你决定，我现在只渴望着上战场去厮杀！"奥德修斯见状，建议说："阿喀琉斯，请给大家留一点时间吃早饭，然后我们马上就出发！"

吃过早饭，希腊人披挂整齐，潮水一般涌了出来。阿喀琉斯跃上战车，一马当先，朝着战场前进。

眼见两军交战在即，宙斯宣布，神祇们可以自由选择援助对象，参与战争。诸神立即分成两个阵营：天后赫拉、智慧女神雅典娜、海神波塞冬、神的使者赫耳墨斯、火神赫淮斯托斯站在希腊人这边，战神阿瑞斯、光明之神阿波罗、狩猎女神阿耳忒弥斯和她的母亲暗夜女神勒托，以及河神斯卡曼德洛斯、爱情女神阿佛洛狄忒，则选择了特洛伊人。

在诸神还没有加入双方的队伍之前，特洛伊人远远地看到阿喀琉斯，都吓得浑身发抖。诸神不知不觉地降临之后，双方都立即变得斗志昂扬起来。战斗一开始，就异常激烈和残酷。起初，诸神还只是在队伍里鼓舞士气，指挥战斗，后来他们干脆亲自动起手来。阿波罗箭射波塞冬，雅典娜力战阿瑞斯，阿耳忒弥斯盯上了天后赫拉，勒托和赫耳墨斯交锋，赫淮斯托斯则与河神斯卡曼德洛斯捉对厮杀。

当诸神杀成一团，难分难解之时，阿喀琉斯开始在人群中寻找赫克托耳。他单枪匹马，四下冲杀，所到之处，特洛伊人无不望风披靡。特洛伊国王普里阿摩斯站在高耸的城墙上，看到阿喀琉斯把特洛伊人追得四下奔逃，便对守城的士兵说："快打开城门，让我们的人退回到城里来！"

守城的士兵打开城门，在阿革诺耳和赫克托耳的掩护下，特洛伊人争先恐后地退回到城内。希腊人见状，都扛着盾牌奔向城门，特洛伊士兵只好关闭城门。这时他们才发现，赫克托耳还留在城外。

国王普里阿摩斯在城墙上看到阿喀琉斯朝赫克托耳奔过来，急得捶胸顿足："儿子呀，你为什么还在外面？你想送进虎口吗？"王后赫卡柏也哭喊道："儿子，快回城吧，千万别在城外和他交锋！"

赫克托耳却坚定地站在原地，静静地等待着阿喀琉斯，并自言自语地说："就让我和那个可怕的敌人决一死战吧，要么我取得胜利，要么我战死城下，就看奥林波斯圣山的神祇们究竟想让谁获得胜利！”

可是，当阿喀琉斯像战神一样走近时，赫克托耳又害怕起来，不由自主地沿着城墙就跑。阿喀琉斯扑过来，紧追不舍。他们就这样绕着城墙跑了三圈，奥林波斯圣山上的神祇们都紧张地看着这一幕。

宙斯说：“决定的时刻到了，大家说说，是让赫克托耳再次逃脱呢，还是让他死亡？”雅典娜连忙说：“父亲，难道你想让命运女神已经判定要死的人逃脱吗？”宙斯点了点头，对她的话表示认可。

当阿喀琉斯追着赫克托耳跑第四圈时，宙斯取出黄金天平，在两边放进生死砝码，赫克托耳的一边朝死亡倾斜。诸神们知道，他的最终命运已经决定了。

城墙边，赫克托耳停了下来，对着阿喀琉斯叫道：“阿喀琉斯，我不躲你了！现在，我们就拼个你死我活。不过我希望，不管谁获胜，都不要侮辱对方的尸体。”阿喀琉斯却冷冷地说：“我不会和你谈任何条件，今天我们之中必须死掉一个。现在就来偿还你欠下的血债吧！”

说着，阿喀琉斯掷出了长矛。赫克托耳急忙弯下身子，长矛从他头顶飞了过去。赫克托耳也愤怒地投出长矛，正好击中阿喀琉斯的盾牌，却被弹到一边。赫克托耳见一击不中，拔出宝剑，挥舞着向前扑去。

阿喀琉斯也举着盾牌冲了上去，两人顿时斗在一起。赫克托耳穿着从帕特洛克罗斯那里剥去的盔甲，坚

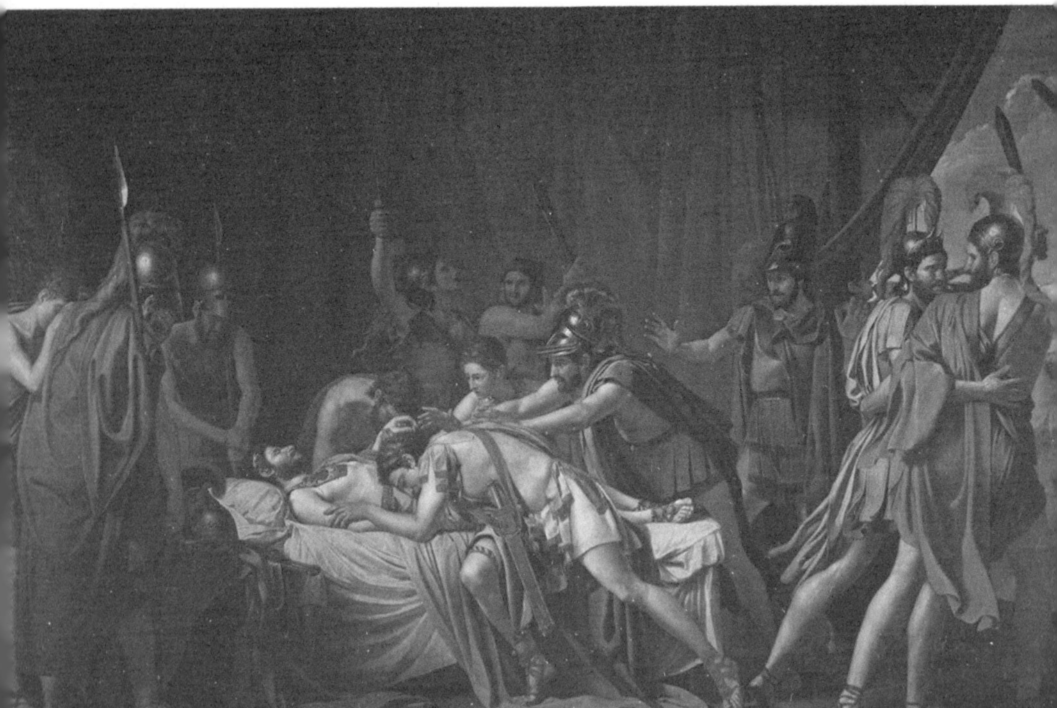

阿喀琉斯之死

固无比。阿喀琉斯却知道，他的这套旧盔甲在肩与脖子相连的地方有一点空隙，使得喉咙稍有一点暴露。阿喀琉斯瞅准机会，狠狠一枪刺去，矛尖刺穿赫克托耳的喉咙。带领特洛伊人抵抗强敌九年的赫克托耳就此阵亡。

赫克托耳死后不久，阿喀琉斯也迎来了他命运的终点。

在一次攻城之战中，光明之神阿波罗警告阿喀琉斯，要他放过特洛伊人。阿喀琉斯却回答说："你为什么总是保护特洛伊人？之前你一再帮助赫克托耳，我已经很愤怒了。现在我劝你哪儿来的回哪儿去，否则，哪怕你是神，我的长矛也一定会刺中你！"

阿波罗被激怒了，隐在云雾中朝阿喀琉斯的脚踵射了一箭。

阿喀琉斯浑身刀枪不入，只有脚踵是唯一的弱点。他拔出利箭，伤口却无法愈合。最终，阿喀琉斯鲜血流尽而亡。

十、木马计

战争进行到这时，双方损兵折将，都是元气大伤。

这时，希腊人得到一个预言，说是只有依靠菲罗克忒忒斯从他朋友赫拉克勒斯那里得到的神箭的帮助，同时还要有阿喀琉斯的儿子皮尔荷斯亲自在场，才能攻陷特洛伊城。

九年前，希腊人出发远征特洛伊时，途中菲罗克忒忒斯被毒蛇咬伤，阿伽门农兄弟和奥德修斯怕他伤口的恶臭和痛苦的呻吟声影响士气，把他丢在荒凉的雷姆诺斯海岛上。现在，他们不得不为当初的不仁义大费周章。

希腊人派出狄俄墨得斯和奥德修斯，希望他们能够尽快将这两个人弄回来。

狄俄墨得斯和奥德修斯先乘船到斯库洛斯岛，把阿喀琉斯的小儿子皮尔荷斯接到特洛伊。然后，奥德修斯又和皮尔荷斯一起前往雷姆诺斯岛，准备把菲罗克忒忒斯请回来。

两人乘船出海，来到雷姆诺斯岛。奥德修斯很快找了当初遗弃菲罗克忒忒斯的那个山洞。山洞里没有人，却有一堆树叶被压得平平的，另有用木头凿的杯子和火堆。这说明，菲罗克忒忒斯仍然住在这里。

奥德修斯对皮尔荷斯说："菲罗克忒忒斯一定恨死我了，我们只能智取。这样吧，我先避开，你在这里等他。如果他问你是谁，你可以据实告诉他，你是阿喀琉斯的儿子。如果他问你为什么到这里来，你就说你是从特洛伊来的，准备返回家乡，因为希腊人把你从斯库洛斯岛请来帮他们攻城，可他们却拒绝把你父亲的武器还给你，却给了奥德修斯，你很生气。当然，这都是骗他的，你也可以大骂我一通，想怎么骂都行。"

皮尔荷斯打断他的话，说："我可不喜欢玩诡计，我宁愿用武力战胜他。再说了，他只有一个人，一条腿还坏了，有什么好怕的呢?”

奥德修斯微笑着说:“菲罗克忒忒斯不可怕，但是他有百发百中的神箭啊！我知道，你天生就不会玩阴谋。我年轻的时候也这样，可是后来我发现，语言比行动更有效。想想吧，菲罗克忒忒斯的神箭有多重要，为这说几句假话又有什么关系呢?”

皮尔荷斯被说服了，奥德修斯躲了起来。

不一会儿，菲罗克忒忒斯呻吟着回来了。他老远就看到停在海边的船，以及站在山洞前的皮尔荷斯和随从们。他大声地问道:“你们是什么人，到这荒岛来干什么?”皮尔荷斯把奥德修斯教他的话说了一遍，菲罗克忒忒斯听后恨恨地说:“我们真是同病相怜啊！我在这里忍饥挨饿，足足过了十年，这一切都是拜奥德修斯和阿伽门农兄弟所赐！请顺便带上我吧，别再让我受折磨了！”

皮尔荷斯假装答应了。这时，两个随从匆匆走过来，告诉皮尔荷斯说，狄俄墨得斯和奥德修斯正在途中，要来寻找一个叫菲罗克忒忒斯的人，因为预言家说，没有菲罗克忒忒斯的箭，特洛伊城就不能攻破。当然，这也是奥德修斯想出来的花招。

菲罗克忒忒斯听到这个消息，非常担心，马上拿出赫拉克勒斯赠给他的神箭，交给皮尔荷斯代为保管，然后他们一起往船上走去。皮尔荷斯见菲罗克忒忒斯就这样掉进陷阱，非常不忍心，忍不住说出了实情。菲罗克忒忒斯一听，吓得掉头就跑。可他没跑出几步，奥德修斯就从树丛中跳出来，命令随从们把他给抓了起来。

奥德修斯把菲罗克忒忒斯带到特洛伊。阿伽门农派人给他治好了伤，又向他道歉，送了他七个特洛伊女人、二十匹骏马、十二只三足鼎。事已至此，菲罗克忒忒斯只好妥协，答应不再追究过去的事。

在随后的战斗中，菲罗克忒忒斯射伤了特洛伊王子帕里斯。因为赫拉克勒斯的箭上浸有剧毒，帕里斯的伤口腐烂发黑，医生束手无策。帕里斯想起一则神谕，说被他遗弃的妻子俄诺涅能救他的命，于是就让仆人抬着前往艾达山去找俄诺涅。

自从有了海伦以后，帕里斯就把俄诺涅抛在了脑后。现在，他扑倒在俄诺涅脚前，求她原谅，俄诺涅却愤恨地说："你去找年轻美貌的海伦救你吧，我绝不会同情你！"帕里斯绝望而归，死在了半路上。

俄诺涅得知消息，悲恸欲绝。帕里斯火葬时，她跳进熊熊燃烧的火堆里，和她的丈夫一起化为灰烬。

希腊人围攻特洛伊城的战斗仍在继续，却一直没有进展。

这天，预言家卡尔卡斯说："我昨天看到一只鹰抓鸽子。鸽子飞进岩缝，就是不出来，鹰便躲在灌木丛中。鸽子以为鹰走了，飞了出来，结果鹰立即扑上去抓住了它。我觉得我们应该学学这只鹰，对特洛伊城不宜强攻，而应智取。"

受到他的启发，奥德修斯想出了一个妙计："我们不妨造一个巨大的木马，马腹里藏进我们的勇士。其余的人则乘船离开特洛伊海岸，把军营烧毁，假装撤退。同时，我们要留一个人冒充逃难的人混进特洛伊城，告诉他们说，这个木马是准备献祭给雅典娜的，设法说动特洛伊人把木马拖进城内。等到了晚上，藏在马腹里的人爬出来，打开城门，我们就能一举摧毁特洛伊城。"

希腊人听了这个妙计，都惊叹不已。只有阿喀琉斯的儿子提出异议，说应该在战场上光明磊落地征服敌人，而不是使用诡计。可是没有一个人听他的，大家都忙着去艾达山上砍伐木头，为造木马做准备。

在雅典娜的帮助下，希腊人用三天时间做成了一具巨大的木马。万事俱备，成败在此一举。

希腊人西农挺身而出，决定留在木马附近，做那个诱使特洛伊人上当的奸细。阿喀琉斯的儿子皮尔荷斯全副武装，第一个走进漆黑的马腹，接着是墨涅拉俄斯、狄俄墨得斯、斯忒涅罗斯、奥德修斯、菲罗克忒忒斯、小埃阿斯、伊多墨纽斯等人。他们紧紧地挤在马腹里，从里面关上木门，默默地等待着接下来的命运。

其余的希腊人在阿伽门农的带领下，放火烧毁营地，然后登船起航，朝忒涅多斯岛驶去。

特洛伊人很快就发现希腊战船离开了海岸，他们高兴地来到城外，看到敌人的营地成为一片废墟，只有一匹巨大的木马矗立在广场上。士兵们围着它争论起来，有人主张把它搬进城作为战利品，有人则坚信希腊人不会安什么好心，主张放火将它烧掉。这让藏在马腹里的希腊人吓了一身冷汗。

这时，有人发现了藏在木马腹下的西农。他们把他拖了出来，押他去见国王普里阿摩斯。西农可怜巴巴地说，他是希腊人的祭品，希腊人本准备杀了他献祭给雅典娜的，他侥幸逃脱，才保住了小命。

普里阿摩斯问他木马是怎么回事，西农就按照奥德修斯事先编好的谎话，说了起来："希腊人盗走了雅典娜在特洛伊的神像，引起智慧女神的愤怒，智慧女神不再保护希腊人了。他们得知这一点后，知道取胜无望，只好返回希腊，为了途中平安，就制造了这个木马献祭给雅典娜。木马之所以造得很大，是不想被你们拉进城里，那样雅典娜就该保护你们了。如果你们毁坏了木马，一定会引得雅典娜发怒，这可正中了希腊人下怀！"

这番话说得天衣无缝，不由得特洛伊人不信。他们放了西农，在木马脚下装了轮轴，又把城门挖得大一些，把木马拉进城去。当木马通过城门的高门槛时，它的每只脚滚过去，木马都会剧烈地颠动一下，马腹中都会传出金属撞击的声音。可是兴高采烈的特洛伊人没有在意这些可疑的声音，他们被胜利冲昏了头脑。

在高兴的人群中，只有女预言家卡珊德拉预感到

特洛伊人将木马拖入城内

了危险。她披散着头发，穿过大街小巷，一路呼喊着："特洛伊人啊，我看见死神从木马的腹中冲了出来，我看到我们的城市充满着血腥和火光，可你们还在欢呼着将它拉进城来！"

但是没有人相信她，他们回应她的只是讥笑和嘲弄。

当天晚上，特洛伊人狂欢宴饮，士兵们喝得迷迷糊糊的，昏昏欲睡，完全解除了戒备。西农也假装喝醉了，到了深夜，他爬上城墙，燃起火把，向城外发出了约定的信号。然后他又走近木马，轻轻敲了敲马腹。马腹里的人得到信号，拉开门闩，放下木梯，依次走了下来。他们杀死城门附近已经醉倒的士兵，打开了城门。

城外的希腊人立即冲进城里，特洛伊城就此陷落。

希腊人进城以后，进行了疯狂的大屠杀。天亮后，特洛伊城的居民除了女人以外，基本上都被杀光，只有极少数人逃得性命。埃涅阿斯在他母亲爱情女神阿佛洛狄忒的保护下，带着父亲和儿子逃出城外，成为唯一带着老小逃出城市的人。

特洛伊国王普里阿摩斯是希腊人重点报复的对象。阿喀琉斯的儿子皮尔荷斯一连杀了他三个儿子，最后又亲手杀死普里阿摩斯。赫克托耳的小儿子阿斯提阿那克斯还是一个婴儿，希腊士兵也没放过他，他们把他从母亲怀里抢去，从城楼上摔了下去。

希腊人抢得大量财物，他们的战船上装满黄金、白银、琥珀、家具、女人和儿童，凯旋。曾经繁华的特洛伊城，从此烟消云散。

引发这场浩劫的海伦，本以为自己会死在墨涅拉俄斯的剑下。没想到墨涅拉俄斯找到她后，看到她因为害怕而发抖，显得越发楚楚动人，竟不忍心杀死她。后来，墨涅拉俄斯宽恕了海伦，将她带回斯巴达。墨涅拉俄斯死后，她被驱逐到罗德岛。

十一、阿伽门农的报应

希腊人离开特洛伊海岸时，预言家卡尔卡斯预感到他们回去的旅途不会太平，于是留了下来，安菲罗科斯听从他的话也留了下来。这两个人后来就定居在小亚细亚的喀里喀亚城和潘费利亚城。

其余希腊人则归心似箭，载着满船的战利品，扬帆起航。

他们一路驶过忒涅多斯岛、克律萨岛、喀拉岛、勒斯波斯岛、勒克同半岛，最后来到攸俾阿岛附近。希腊人在这里遭遇了风暴，他们不知道，这是智慧女神雅典娜为他们在特洛伊的暴行，为他们在她特洛伊的神庙里强行抢走她的女祭司卡珊德拉，而降下的惩罚。暴风掀起巨浪，许多船只在这里倾覆，动手抢走卡珊德拉的埃阿斯被淹死。

帕拉墨得斯的父亲瑙普利俄斯仍旧统治着攸俾阿岛。当初帕拉墨得斯遭到奥德修斯的诬陷，被希腊人用石头活活砸死。现在，老国王看到希腊人在风浪中挣扎，又想起惨死的儿子，于是命人到海岸边最危险的礁石区举起火把。希腊人以为海岛上的人向他们发出的是救援信号，纷纷朝礁石区驶来，许多船又在这里触礁沉没。

最终，只有一小部分人侥幸回到了希腊。

且说阿伽门农出征特洛伊，一去就是十年。他的妻子克吕泰涅斯特拉留在宫中，既悲伤又忿恨，她一直不能原谅阿伽门农为了征讨特洛伊人而献祭了自己的亲生女儿。不久，她便请阿伽门农的堂兄弟埃癸斯托斯来到迈肯尼，代为治理国家。

当阿伽门农历尽艰难险阻回到迈肯尼时，他不知道，他的王国早已成了埃癸斯托斯和克吕泰涅斯特拉的了。

王后克吕泰涅斯特拉安排了隆重的仪式迎接阿伽门农归来。跟随阿伽门农一起回来的，还有特洛伊国王普里阿摩斯的女儿，预言家卡珊德拉。在瓜分战利品时，她被阿伽门农要了过来。阿伽门农丝毫没有感觉到有什么不对劲的地方，反倒对埃癸斯托斯帮他治理国家十分感激。

但是，卡珊德拉却从王后虚情假意的表现中，预感到了她的阴谋。卡珊德拉知道自己和阿伽门农都不会有什么好下场，但她宁愿一死，也不想点破王后的阴谋，救出特洛伊人的仇敌阿伽门农。

王后摆上盛宴招待阿伽门农，吃过饭，阿伽门农要求沐浴。王后温柔地告诉他，温水早已经为他准备好了。阿伽门农毫无防备地走进浴室，放下武器，解下铠甲，脱掉衣服，躺在了浴缸里。正在这时，埃癸斯托斯和王后克吕泰涅斯特拉跳出来，用一张网将阿伽门农罩住，然后乱刀砍死了他。

随即，两人又将卡珊德拉杀害，并派兵全城搜捕，把阿伽门农带回来的士兵统统杀死。做完这一切，克吕泰涅斯特拉召集城里的长老，对他们宣布说："为了召唤西风，阿伽门农竟然像屠杀牲口一样杀死自己的女儿献祭，这样凶残的人没有权利继续统治这个国家，没有权利继续活下去！为了向杀害我女儿的人报仇，我设置罗网把他抓住，并以冥王的名义杀了他。以后，将由埃癸斯托斯来治理国家，而我将成为他的妻子，和他共享王位！"

埃癸斯托斯已带领士兵包围了宫殿，在赤裸裸的武力威胁之下，长老们都不说话，默认了这场政变。

多年以后，阿伽门农的儿子俄瑞斯忒斯长大成人，回来杀死了克吕泰涅斯特拉和埃癸斯托斯。但不久他就发了疯，离开了迈肯尼。